中华传统美德读本

只生欢喜不生愁

读者出版传媒股份有限公司
甘肃人民出版社
甘肃·兰州

图书在版编目（ＣＩＰ）数据

只生欢喜不生愁 / 读者丛书编辑组编. -- 兰州 ：
甘肃人民出版社，2023.11（2024.9 重印）
ISBN 978-7-226-05957-9

Ⅰ. ①只… Ⅱ. ①读… Ⅲ. ①散文集－中国－当代
Ⅳ. ①I267

中国国家版本馆CIP数据核字(2023)第113291号

出 版 人：梁朝阳
总 策 划：梁朝阳　马永强　李树军
项目统筹：宁　恢　原彦平
策划编辑：高茂林
责任编辑：王建华
封面设计：裴媛媛

只生欢喜不生愁

ZHISHENGHUANXI　BUSHENGCHOU

读者丛书编辑组　编

甘肃人民出版社出版发行

（730030　兰州市读者大道 568 号）

北京温林源印刷有限公司印刷

开本 710 毫米×1000 毫米　1 / 16　印张 15.25　插页 2　字数 195 千
2023 年 11 月第 1 版　2024 年 9 月第 2 次印刷
印数：5 001~7 000

ISBN 978-7-226-05957-9　　定价：39.00 元

目 录
CONTENTS

1

指纹状的菌落

毕淑敏

那时我是一名年轻的实习医生。在做外科手术的时候，我最害怕的是当一切消毒工作都已完成，我戴上手套，穿上手术衣，开始在病人身上动刀"操练"的时候，突然从我身后递来一只透明的培养皿。护士长会不苟言笑地指示道："你留一个培养吧。"这是一句医学术语，用通俗的话说就是："用你已经消完毒的手指，在培养基上抹一下。"

然后护士长把密闭的培养皿送到检验科，在暖箱里孵化培养。等若干时日，观察培养皿有无菌落生长，以检查你在给病人做手术前是否彻底对你的手指消毒。如果你的手消毒不彻底，那你就会在做手术时把细菌带进病人的腹腔、胸腔或者颅脑，引起感染，严重时甚至会危及病人的生命。

我很讨厌这种抽查，万一被查出我的手指带菌，那多没面子！于是我消毒的时候格外认真。外科医生的刷手过程十分严格：先要用硬毛刷子蘸着肥皂水一丝不苟地从手刷到腋下，直到皮肤红到发痛，再用清水反复冲洗，恨不能将你的胳膊收拾得像一节搓掉了皮、马上准备凉拌的生藕。然后将双臂浸泡在浓度为 75% 的酒精桶里，度过难熬的 5 分钟。最烦人的是，将胳膊从酒精桶里取出后，为了保持消过毒的无菌状态，不能用任何布巾或者纸擦拭湿漉漉的皮肤，只能在空气中等待皮肤渐渐晾干。平日我们打针的时候只涂一点儿酒精，皮肤就感到辛凉无比，这是因为酒精在挥发的时候带走了体表的热量，这是一个强大的物理降温过程。而这个时候我们的上肢大面积裸露着，假若在冬天，不一会儿就会冻得牙齿打鼓一般叩个不停。

更严格的是，在整个过程中，双臂都要像受刑一般举于胸前，无论多么累，都不能垂下手臂，而且严禁用手指接触任何异物。简言之，消毒过程一旦开始，你的手就不再只是你的手了，它们成了有独立使命的无菌工具。

我有一个同学，她是一个漂亮女孩，她的手很美，鸡蛋白一般柔嫩。但在毛刷日复一日的残酷"抚摸"下，很快变得粗糙无光。由于酒精有强烈的脱脂作用，她的手臂像枯树干一样，失去了少女特有的润泽。"单看上肢，我就像一个老太太。"她愤愤地说。

以后的日子里，她洗手的时候开始偷工减料。比如该刷 3 遍，她却只刷 1 遍就草草了事。只要没人看见，她就把白皙的胳膊从酒精桶里解放出来，独自欣赏……有一天，我们正高擎着双臂，像俘虏投降一样站着，等着自己的臂膀风干，她突然说："我的耳朵后边有点儿痒。"

这本来是一件小事，但对于当时的我们来说，是一件很难办的事。消过毒的手已被管制，我们俩就像被卸去双臂的木偶，无法接触自己的皮肤。按照惯例，只有呼唤护士代为搔痒。因手术尚未开始，护士还在别处忙，眼前一时无人。她说痒得不行，忍不了。我说："要不咱们俩脑袋抵着脑袋互相蹭蹭？"她说："我又不是额头痒，而是耳朵后面的凹处痒，哪里抵得着？"她美丽的面孔在大口罩后面难受得扭曲了。可能是因为刺痒难熬，突然，她用消过毒的手在自己耳朵后面抓了一把。

我惊愕得说不出话来，几乎不敢相信自己的眼睛。正在这时，护士长走了进来，向我和同学伸出两个细菌培养皿。其实事情到这个份儿上，还是可以挽救的。同学可以坦诚地向护士长说明情况：自己的手已经被污染，不能接受检验。然后再重复烦琐的洗手过程，她依旧可以正常参加手术。但她什么也没有说，哆哆嗦嗦地探出手指，在培养基上按了一下……那天要做的是一个开腹手术，整个过程我都恍惚不安，好像自己参与了某种阴谋。

病人术后并发了严重的感染，刀口溃烂腐败，高烧不止，医护人员开始紧张的抢救和治疗。经过化验，发现致病菌强大而独特。"它是从哪里来的呢？"老医生不止一次对着病历自言自语。过了几天，手术者的细菌培养结果出来了，我同学抹过的培养基上呈现出茂密的细菌丛，留下指纹状的菌落阴影，这正是导致病人感染的原因。

那一刻，我同学流下了一串串眼泪。由于她的过失，病人承受了无妄之灾。她的手在搔痒的时候沾染了细菌，又在手术过程中污染了病人的腹腔，给病人酿成巨大的痛苦。

病人的生命总算挽救回来了，但这件事我牢牢地记在心里，不敢忘怀。

（摘自《读者》2022 年第 3 期）

你远胜于你所能记住的一切

吕彦妮

2022 年 8 月，吴彦姝凭借在电影《妈妈！》中的表演获得了第十二届北京国际电影节"天坛奖"最佳女主角，时年 84 岁。

自己的事自己做

电影《妈妈！》的拍摄现场，剧情需要两位女演员互相携扶着在离岸数十米远的海中完成表演。这两位演员中，就有时年 83 岁的吴彦姝。

工作人员恐生意外，准备将她背至指定位置。吴彦姝的第一反应是轻轻摆手拒绝。眼看副导演已经走到身边，伸出手来想要搀扶她，吴彦姝三步并作两步向海里走去。

"我喜欢自己的事情自己做。"吴彦姝温柔且坚定地说。

她不是"好胜心重",只是"要强"。"我不愿意把自己弄得弓腰驼背的,我希望活出精神气儿。你们觉得一个80多岁的人做动作很不方便,其实,你看……"吴彦姝说着就从椅子上站了起来,一个俯身,手就够到了脚尖,再利落地直起腰来,"转个圈什么的都可以,我很灵活。"

原来,电影里那些她做平板支撑、"小燕儿飞"、一字劈叉、三步上篮的画面都是真的。"她非常清楚自己能做什么,所以她从来不会逞能,很有分寸感。"《妈妈!》的监制尹露这样看待吴彦姝"充满生命力"背后的稳健。

绝 对 服 从

电影里有一场历时半分钟的长镜头,吴彦姝要干净利落地完成一系列动作:用重物砸开窗户,两只胳膊撑住阳台,从碎玻璃中爬进屋,然后跳到地板上,跑去开门。

剧情发展至此讲的是,年过六旬的女儿罹患阿尔茨海默病,已逐渐失去自理能力。身为母亲,即使再衰老、娇弱、体面,那如"母狼"一般的护子本能也会被激发,无论表现出怎样的无惧和勇猛,都可以被观众理解。

最终,这一镜头的圆满完成,很大程度上源于偶然——导演在监视器前被母女二人的表演所打动,过于专注,一时间竟忘了喊"停"。本来吴彦姝只需演到撑住阳台即可,但由于她没听到导演的指示,便毫不犹豫地演了下去。

尹露将吴彦姝那一刻几乎本能的反应看作"那一代演员的职业素养"。"他们那一代演员绝对服从导演的指挥,这种素养流淌在他们的血液中。"

　　导演鹏飞在 2019 年邀请吴彦姝出演自己执导的电影《又见奈良》，他也在合作中体察到吴彦姝的执行力和领悟力。

　　第一次见面聊天，鹏飞就向吴彦姝表述了自己的审美："我不喜欢煽情，喜欢生活化的艺术表达。"

　　开机才 3 天，就拍了一场情感戏，吴彦姝饰演的妈妈千里迢迢来日本寻找养女——一个战争遗孤。在养女曾经打工的一家餐厅里，她听到了让她既心疼又委屈的消息，怀着复杂的情绪，她要慢慢吃下一个甜甜圈，那是养女在这里每天都会做的吃食。

　　拍第一条时，吴彦姝吃着吃着就哭了，"哭得还挺厉害"。鹏飞犹豫着要不要喊"停"，转念一想，算了，既然奶奶送给我这么一条，我就留着，也许后期剪辑的时候会用到。结果演完那一条，吴彦姝立刻擦掉眼泪走到鹏飞旁边，说："我是不是劲儿使大了？让我歇一会儿，收收眼泪，我再给你一条收敛的。"

　　"我了解鹏飞，他希望情绪是淡淡的，所以虽然第一条我演得很过瘾，也感动了别人，但我知道那不是鹏飞导演想要的。"时隔几年，吴彦姝仍记得那场不足一分钟的戏拍摄过程中的全部细节。

　　其实，只要关乎表演，哪怕是 63 年前的事，吴彦姝也记得清清楚楚。1959 年，刚过 21 岁的她被挑中出演电影《流水欢歌》的女主角。

　　后来许多年，吴彦姝不敢再看这部电影，尤其是影片中她开着拖拉机驶离前回看身旁一位老大爷时的眼神，她会捂住自己的眼睛。"那个眼神根本不在戏里……我当时什么都不懂，现在只觉得对不起导演也对不起观众。"

　　也是在拍完《流水欢歌》后，吴彦姝回到山西话剧院的排练场和舞台上，深耕至退休。直到 65 岁前，她都鲜少参与影视拍摄。

爱 的 能 力

吴彦姝扮演的每一个角色，都有着一种坚韧。她也如所饰演的角色那样，历经岁月沧桑。但不约而同的是，合作者甚少听她谈及过往。

"奶奶带给大家的，都是积极的、正能量的。"《又见奈良》里涉及的历史事件与时代背景，吴彦姝都经历过，但鹏飞从未听她讲过任何自己的事，她把岁月的沉淀融入表演，显得内敛而沉默。

尹露与吴彦姝朝夕相处近两个月，但有关她的故事，都来自媒体报道。尹露觉得："她一定是个'忘性'很大的人，会忘记很多不好的事情，只记住好的，所以她会那么乐观。这是一种强大的能力，爱的能力。"

《妈妈！》整个拍摄期间，让尹露印象深刻的是，吴彦姝几乎每一餐饭都要与助理和司机一起吃。如果哪天她要和主创人员聚餐，她必定会托付尹露"让司机吃好"。其实，那不过是剧组为她这两个月聘用的临时司机。

鹏飞记得，在拍摄《又见奈良》时，有一天吴彦姝提出请全组同事吃"中华料理"。日本当地的制片人怕她破费，用日文对日本同事说，每个人不可以点超过 1000 日元（约合人民币 60 元）的食物。吴彦姝问："他说什么呢？"有人给她翻译，她听完就急了，忙说："谁说的？随便点！多少钱都可以！"这话一经翻译，在座的全组人员立刻鼓起掌来。鹏飞说："那天，剧组的凝聚力一下子被带起来了，连日来积聚的疲累得到释放，大家的感情也更亲密了。"

《又见奈良》里有一场在小酒馆里的戏，当时有拍摄时限，担子全压在了青年演员英泽身上，她有大段的日文台词要说。眼看时间越来越晚，她既担心吴彦姝累了困了，又怕自己耽误拍摄时间，结果越着急越出错。

这时吴彦姝对英泽说："你不用管我，我一点儿都不困，我还能再吃两碗面呢！你放心，这面挺好吃的。"转头又跟语言指导老师说："你不要给她压力，演员的情绪一定要保护好。"这是鹏飞第一次也是唯一一次见到吴彦姝疾言厉色的样子，而她这么做，全然是为了保护年轻演员。

"她是一位非常聪明的女性，她认同自我，懂得满足，才会施与宽容，不吝啬爱！"尹露眼里的吴彦姝，绽放着光芒。

爱 的 教 育

吴彦姝的名字是父亲起的，"彦"是"才华"，"姝"是"美好的女孩儿"。这位已经84岁的老人，一袭黑色绸缎裙覆过膝盖，外面搭一件宝蓝色的天鹅绒西装，胸口处别着翠色的四叶草胸针，晶莹剔透。她银丝微卷，下颌线分明，虽然脸上布满皱纹，但美得那么自然。

吴彦姝出生在20世纪30年代的广州，父亲是毕业于早稻田大学的归国知识分子，母亲饱读诗书，大学念的是国文系，对她的教育也是"规范"为上。后来吴彦姝被话剧吸引，遂决定报考山西话剧院。当时母亲表示不解，但父亲的一席话开解了母亲："行行出状元，让她去做想做的工作，她才能做好。"

吴彦姝觉得自己继承了母亲的样貌，还有"那种对女儿的爱"。她记得小时候自己住校，每周六才能回家，母亲就与她约好每周三去学校看她，给她送些吃食和生活用品。她那时性格倔强，不愿意让同学觉得她过于依赖母亲。母亲知道后，就非常体贴地在校门外站得远远的。

"她的爱比较细腻，但她从不用爱来束缚我。她希望我自己去学习，去经历。"吴彦姝也是这样爱自己的女儿和外孙的。"我们都爱对方，所以才会给彼此最大的空间和自由。"

最终，海边的那场戏，成了尹露最喜爱的一幕，即使她已经把《妈妈!》看了无数遍，还是会哭出来。她说那些翻滚的浪花、潮起与潮落，像极了人的一生，有着喜怒哀乐。而吴彦姝那种智慧、从容、安然的气质，让人不再恐惧，"即使老去，我们仍然可以像她一样活得这么精彩、优雅、有格调"。

一位观众，同时也是阿尔茨海默病患者的家属，在观影后分享了一句话，吴彦姝很喜欢，她郑重地为自己录了下来。

这句话是："你远胜于你所能记住的一切。"

（摘自《读者》2022 年第 22 期）

复活半刀泥

明前茶

　　若要跟随半刀泥的传承人老万去淘古瓷片，绝对要早起。早春，凌晨5点半，东方的云彩刚吐出一线深橘红，瓷器早市就开张了。老万守着摊贩将古瓷片从麻袋里倒出来的那一瞬间，在密集的"哗哗"声中，老万竖起他的招风耳。忽然，他耳朵上的茸毛竖起，他大喊一声："停，停一下！"摊贩住手，老万眼疾手快，从一堆瓷片中挑出好几片来。他摊开它们，一一询价。摊贩早就摸准了他的脾气，直接把猛地看上去没啥花样的两片挑出来，递到老万手上："都晓得你搞半刀泥已经着魔了，还跟我装。这样，480元一片，你要刻出好花样，给我留一个茶盏，我来买。"

　　老万露出无奈的笑，付钱，背过身去却一脸愉悦，开始边走边哼唱虞姬的唱词："我这里出帐外且散愁情。轻移步走向前荒郊站定，猛抬头见碧落月色清明……"他一边哼唱，一边举起瓷片对着初升的太阳望。我终于瞧见了瓷片上暗藏的乾坤：瓷片虽是如冰似玉的青白瓷，看上去一无所饰，但对光一照，里面的虚实纹样都透了出来，果然有梅枝，有雀鸟，是一片"疏影横斜水清浅，暗香浮动月黄昏"的意境。老万说："半刀泥技法的老祖宗，就是宋瓷，准确地说，就是这种南宋青白瓷。当年，匠人以刀作笔，在干燥后的素坯上刻画出一面深一面浅的凹面与线条，就像书法中的浓墨与枯墨一样，有深有浅，再施釉后高温烧成。这种刻法，让青白瓷对光一照，上头刻绘的莲花、竹叶、昆虫和小鸟，都好像纸窗上的投影，既活灵活现，又像浮动在虚空中，好比月光下的幻影。我淘了几百片宋瓷，再也瞒不了人。摊贩们也敬重手艺人，按时价给我打了8折，让我买得痛快。"

我不免好奇："宋瓷倒出来的声响与众不同？"老万说："当然。就算与南宋同时代的金，留下的瓷片倒出来也会'哗哗'作响。宋瓷细腻坚牢，倒出来是'呼呼'声，听音可辨，这就像生西瓜和熟西瓜的区别。"

青白釉上的半刀泥工艺，原本早已失传，是老万的师父在20世纪70年代，依靠翻阅史料、捡拾残瓷，一个人悟出门道后慢慢恢复的。这门工艺的难处就是：要让青白瓷发出美玉才有的透光感，利坯要利得极薄，而刻刀要在极薄的坯体上游走雕刻，还要一刀下去，刻出深浅有别的凹面来，考验的不仅是审美与刻工，还有匠人控制紧张感的能力。"这就像初学滑冰的人，上了冰面，越不想栽倒，越是容易打趔趄。我跟师父初学时，一拿起刻刀来就忍不住喉头咕咚咕咚作响。师父说，一感觉到自己在咽口水，手上的劲儿就有可能使偏了。所以，心无旁骛很重要，你一心一意去感受那些块面、那些线条，刻莲花时能闻到莲香，刻小虫时能感受到触须的弹动，能感受到秋虫的喜怒哀乐。你沉浸其中，就会忘了手上的刻刀有千钧重，忘了咽口水，你就逐渐上道了。"

　　这个悟道的过程，说难也难，说容易也容易。20年前，小万跟着师父，四处去感受光影艺术的曼妙：看扎灯，观玉雕，玩剪纸，瞧得最多的竟是皮影戏。说实在的，皮影人偶的戏服、冠冕、动作，透过暖暖的光线投射到屏幕上，忽然让小万看到了各种运刀的可能性：挑、剔、顿、挫、拉圆、捺方，露锋起笔、侧锋运笔、出锋收笔。看完皮影，再回去看宋代的残瓷，更是豁然开朗，连千百年前匠人运刀时，心中是畅快还是愁苦，都一目了然。

　　20年过去了，师父几乎已经退隐江湖，小万成了老万，也开始收徒弟。老万把自己收藏的瓷片归了档，学着师父的样儿，让徒弟观瓷片，写两个月的心得体会，再来跟他使刻刀。他两年前收的一位徒弟最有意思，徒弟本人是京都大学的教授，教了一辈子陶瓷史，62岁退休后，前来景德镇找寻宋代残瓷搞研究，见到老万卖给摊贩的笔洗，惊住了。立刻恭恭敬敬前来，要找老万学艺。老万约这位日本教授谈了3次，看了他的书法作品后，才同意了。拜师当天，这位教授对着比自己小9岁的老万平心静气地行大礼、敬茶，老万挺直脊背，泰然地受了礼。

　　他明白，自己不是一个人在受这份礼，而是代表所有掌握了半刀泥技术的工匠在受这份礼，包括那些在宋瓷片上留下清雅、自在、随性之刀笔，却已经消失在历史云烟中的无名匠人。

（摘自《读者》2023 年第 3 期）

我妈是朵太阳花
刘小念

1

2021 年春天，万物复苏的季节里，我却越活越无助。

白天，我在单位紧张忙碌，永远保持春风拂面；晚上回到出租屋，我常常睡不着，也不想动，每天起床都需要进行一番心理动员。那段时间，我在单位跟领导、同事、客户沟通起来很顺畅，但内心特别抗拒社交，连和别人喝个下午茶都有负担。

一个周六，爸妈像往常一样跟我视频通话，我也像往常一样跟他们说我吃得好，睡得香，工作顺利。不知怎么了，我开始一边说一边掉眼泪，最后，几乎失控，不记得是如何挂断电话的。

第二天中午，我妈给我打电话，说她到我公司楼下了。昨晚接完我的电话后，她连夜起程，从老家吉林舒兰农村风尘仆仆赶到北京。

真的很难想象，她是怎么找到我公司的。她说："鼻子底下长着嘴，问呗。"

再看她的行李，一个行李箱，两个半人高的编织袋子，我上去拎了一下，愣是没提起来。

我问她："妈，你这是搬家吗？"

她说："嗯，闺女，妈种了一辈子地种腻歪了，准备借我闺女的光，当'北漂'。"

我妈一边说着，一边咧着嘴，扭了两下大秧歌。

恰好是午休时间，一个东北大妈在46层高的写字楼前，当街扭东北秧歌的情景，足以让我"社死"。但我妈的信条是，只要她不尴尬，尴尬的就是别人。

2

老妈来了，出租屋如同塞进了10个人一般热闹。

"这是咱家自己种的水果萝卜，跟刚拔出来的一样水灵，你尝尝。"

"这葱籽是去年秋天我和你爸撸的，一会儿找个泡沫箱种上，土我都背来了。"

"还有这蚂蚁花，家里没花是不行的，眼睛没有着落。我在火车上跟人聊天才知道，它也叫太阳花，多好听。"

我妈手不闲着，嘴也不闲着，边干边讲。

杂乱的房间变得整洁，餐桌上很快有了两菜一汤。

　　我妈从始至终没问我为什么哭，只是在吃饭时说了一句："吃饱肚子，过好日子。"

　　那晚，我们娘俩挤在一张床上聊天。

　　我跟她说："我可能病了。"为了不让她担心，我还加了一句，"应该很轻，也就是轻度抑郁。"

　　我妈说："人要是一直心情都好那也不正常，妈看事儿不大。我来了，专治各种不开心。"

　　我信。自打我妈出现，我都挺开心的，也有了倾诉的欲望。

　　我跟她说，去年春节，一个人被隔离在出租屋，心情越来越糟糕，也是在那段时间，我失恋了。

　　去美国进修的男朋友开始很少来电话，最后一次我给他打电话，是一个女生接的，她说让我不要再跟他联系了。

　　我妈说："连分手都不敢当面跟你说的男人，靠不住。歪瓜裂枣就得早点摘除，不然把好的都给带坏了。"

　　我又开始喋喋不休地说工作上的事：降薪了，裁员了，工作量超负荷……

　　我妈边打哈欠边跟我说："人就跟苞米苗一样，遇到虫害了，缺肥了，生病了，就得表现出来——叶子打绺儿或者长斑，这样，才能被看见被关照。只要根没事，怎么都能救过来……"

　　那晚，我依在我妈身边，一觉睡到大天亮。

3

　　第二天，我下班刚到家，我妈就告诉我，她找到工作了——给小区里一对老夫妇做饭。

我问我妈是怎么认识那对老夫妇的。

她轻松地回答："跟小区物业、保安、保洁、居民聊天呗。我一个事业型女性，一天不干活不赚钱，就吃不下，睡不香。"

不仅如此，她还拉着我，在另一个小区找到了跳广场舞的队伍。

说真的，我妈没什么舞蹈天赋，不管什么舞最后都能被她成功地扭成东北大秧歌。

旁边的人看得哈哈直笑。终于，一个热心的阿姨被她这股勇气征服了，广场舞结束后，她给我妈教起了基础舞步——刘姨，就这样成为我妈来北京交到的第一个朋友。

在我的世界里，焦躁是家常便饭：天气，工作，拥挤的地铁，老板的坏脾气，网络的卡顿，一条负面新闻……

但在我妈那里，快乐俯拾皆是：跟视频学会做一道菜，跟刘姨学会跳一支舞，雇主夸她能干，一个人用手机导航去了颐和园……哪怕是公交车坐过了站，她也可以开心地跟我描述："那一站一点没白走，我居然发现一个公园，里面有一个比咱这儿规模大两倍的广场舞队，曲子可新啦！"

我妈工作3个月后，又有新的工作找上门来。

工作是菜场肉摊的叔叔介绍的。他一个朋友在一家大型超市做主管，想招牛奶促销员，他当时就想到了我妈。

我妈说："闺女，你是公司白领，知道面试是个啥情况，帮我演练一把呗。"

于是，我模仿考官向我妈提问："今年多大年纪？说说你应聘牛奶促销员的优势在哪儿？"

被我这么严肃地一问，我妈顿时紧张得连话都说不清了。

我心想：就她这种状态，人家一面试肯定直接淘汰。

第二天是周六，我妈让我陪她去面试。

没承想，对方直接把我妈带到牛奶专卖区，给她介绍了一下基本情况和她的职责，让她先干一天试试。

那天，我就站在不远处，看着我妈实习。

走过路过的人，她都能聊两句；没人上前，她就扯着嗓子吆喝；商品被弄乱了，她立刻摆得整整齐齐；货架不干净，她马上擦得干干净净；就连旁边冻鲜区的冰柜脏了，她也帮着收拾，还冲我小声嘀咕："那儿不干净，也影响别人买咱的牛奶。"

我当时想，就我妈这眼力见儿，不惜力，主人翁意识强，我要是老板，也用她。

两天后，我妈就拿着健康报告去超市办了入职手续。但我妈高兴的同时也犯了愁——如果去超市上班，她就不能给小区那对老夫妇做饭了。

我妈买了水果去跟人家道歉并请辞。可是，老两口舍不得她，他们表示，我妈可以在早晨把一天的饭菜准备好。就这样，我妈变成真正双职双薪的事业型女性。

我妈不忍心让老人吃剩菜剩饭，就买了一辆电动车。这样，每天她5点下班，可以赶在6点前让老人吃上新鲜的晚饭。

我见过我妈戴着头盔在北京街头风驰电掣的样子，太飒了。

4

我妈每天跳广场舞，我就在周围跑步。慢慢地，我觉得，我妈那不够协调的舞姿有一种骄傲而独特的美。

她 55 岁生日那天，我送她一份礼物，就是让她去跟专业的舞蹈老师学跳舞。

那天，老师让她表演一段，我妈毫不扭捏地跳了一段广场舞。

一曲舞罢，舞蹈老师是这样评价的："你的舞跳得太有生命力了，有一种野性的美。"

我妈顿时有些腼腆："美是老师安慰我，野性是肯定的，我就是种地种多了，力气大。"

老师被我妈逗得直乐，对她说："美其实是一种身与心的协调，你协调得特别好，真实自然。"

是啊，我妈长得不美，也没什么文化，可她不仅自己活得本真洒脱，也悄然治愈了我的精神内耗。

5

2022 年 8 月初，我妈回老家了。

她觉得我已经完全具备在北京单打独斗的能力，而她也算是学成归去，是时候回老家当领舞了。

我问她，舍得这双职双薪的首都事业型女性的身份吗？

她说："我已经证明过自己了，是时候回去为振兴乡村文化尽点'纯棉之力'了。"

生活的麻烦没有尽头，成长也永无止境。但就像我妈说的，努力工作、爱惜身体，拓宽视野，保持乐观，这也是成功。

（摘自《读者》2022 年第 22 期）

汤圆开水

曾　颖

在四川话中，汤圆开水的形象可不正面。如果说一个人喜欢乱喝汤圆开水，就是指他有非分之想，并自找麻烦的意思。乱喝汤圆开水，烫到了，背时（活该）。

而在我的人生词典里，汤圆开水却是温暖、智慧且充满悲悯之心的。这一切，与李汤圆有关。

李汤圆，什邡外西街人，自幼跟父亲学做汤圆心子。其父早年在县城南华宫旁经营一家名叫"味余香"的食品店，以川味汤圆为主，最有特色的是加了花椒的红糖椒麻馅儿汤圆，还有黑芝麻和玫瑰馅儿汤圆，其味道是很多老什邡人美好的童年记忆。

我认识李汤圆时，他是我家对门建筑公司的炊事员。因为与他儿子洪贵是好朋友，我常常受惠吃到他用做馒头的边角余料蒸的小寿桃和小兔子之类的点心，虽然同样是粗面加糖精，但比起蒸笼里给大人们吃的馒头，味道就是不一样。那时，我就对食物的外形及进食方式对味道的影响，有了最初的认识。每天中午11点，我和洪贵踩着钟点，从蒸笼的蒸气中接过李叔叔塞过来的小搪瓷碗，躲在灶台背后的旮旯里，吃得不亦乐乎。

这场景，是我童年最美好、最温暖的画面。但这个画面的制造者——李叔叔的生活并不温暖美好，一家七口的生活担子，重重地压在他一个人身上，那份炊事员的微薄工资，根本承担不起这份重量。他空有一身本事，却无处施展，每日里忙完手中的活儿就坐在厨房里生闷气。

改革开放后，他第一个从建筑公司辞职，在我家门口摆起一个小摊，两个条凳支起一扇门板，两个蜂窝煤炉灶，一个煮红糖百合稀饭，一个煮汤圆。汤圆馅儿都是他自己做的，有红糖馅儿、玫瑰馅儿和黑芝麻馅儿。

从那以后，我的每个清晨，就是被李汤圆生火的柴烟和红糖百合稀饭的香气唤醒的。那时，这里叫建设路，是什邡西边几个大乡镇入城的要道。每天早晨，卖菜的、赶场的、挑粪的人络绎不绝。李汤圆做生意，从不吆喝。炉膛里那点小小的暖意，对寒风中赶路人的召唤，足胜油灯的光亮对飞蛾的诱惑。人们从远处走来，总会驻足，与李汤圆聊天，闻着汤圆和稀饭的香气，说说昨日的菜价或明天的天气，还有熟人故旧的近况逸事。当时的汤圆8分一碗，稀饭5分一碗，但并不是所有的早行人，都有这份余钱。大家出门办事，事前几天，就已把不多的钱，在心里精确到小数点后两位。西门外都是穷乡，好多大队大半天的工分，也就八九分钱。

李汤圆从不问顾客要不要来碗汤圆，而是抽凳子请人坐下，从冒着滚滚热气的汤圆锅里，舀一碗热气腾腾的汤圆开水，双手递过去，无论对方年龄多大、衣着怎样，他都一视同仁。

汤圆开水里姜和糯米的香气，像雨后仙山的云气一般，冉冉升起在寒冷而黑暗的空中。而端着碗的李汤圆，脸上真诚的笑容，俨然有光一般。

有人说，这不过就是小商小贩揽客的小小手段。我不否认其中确有多卖一碗汤圆的愿望，但如果仅是这样，他恐怕坚持不了多久，因为这样的投入与产出，并不成正比。送汤圆开水这一个小小举动，抛开燃料之类的成本，光是碗，每天得多洗几十次，街边摊离最近的井至少 50 米，每天多挑三五趟水，是只少不多的。对于一个独力支撑七口人生计的中年男子，这额外的几担水里，装着的是悲悯——同是天涯沦落人的悲悯。对于一个走了好长时间夜路的乡下人，难得进一次城，对城市充满了敬畏。而在城门口，迎接他的是一碗温暖的汤圆开水，他的内心会是怎样的感受？

我的外公就有在异乡讨碗水喝而被拒的经历。对方说："冷水要人挑，热水要煤烧，凭啥子给你？"此事曾深深刺痛过他老人家。而李汤圆给每个站到摊前的人奉上汤圆开水的举动，让他钦佩不已。

人们喝下汤圆开水，当即叫加几个汤圆的有之，心怀感激、欣然表示下回来吃汤圆的有之。有送上一把小菜或放下两个果子的，也有吃碗汤圆下午卖完菜回来再给钱的。无论有没有照顾生意，李汤圆都笑眯眯地迎送。特别是对那些喝完汤圆开水没买汤圆而一脸歉疚的，他更是语带关切地请人家改天再来。

这个小小善举，李汤圆一直坚持了多年，这令他的招牌，在外西街乃至整个县城，都响当当的。人们都说他的汤圆好吃，我却觉得，他的汤圆开水更好喝，那洁白如乳汁般泛着姜、玫瑰和红糖芝麻香气的一小碗汤圆开水，是一个小生意人在苦难人生中对世界报以的最真诚的善意。

（摘自《读者》2022 年第 17 期）

父亲们悬挂在夏天

罗 兰

进入盛夏后，全国各地频现高温天气，福州一群清洗空调的父亲开始忙碌起来。这是一群白血病患儿的父亲，为给孩子赚取救命钱，不时悬挂在几十层的高楼外墙作业。

保险绳要系两根，一头系在房屋主梁、楼梯扶栏这样结实稳固的地方，另一头系在自己身上。绳子调整到合适的长度，人小心地翻出窗，手脚并用，利用每一个能够帮助稳定身体的突起和缝隙，慢慢接近悬挂在外墙的空调外机。

对35岁的魏庄文而言，这惊险的情景是他的日常。他身材高瘦，皮肤晒得黝黑，做事利落，一看就是干活的好手。踩到空调外机的安装架上，魏庄文取出工具开始维修。阳光下，他工作服背后的"钢铁侠护卫者"几个字格外显眼。

"钢铁侠护卫者"，先前是魏庄文的儿子昊昊送给爸爸的称呼，后来变成一支清洗、安装、维修空调的队伍，目前大约有 20 人。魏庄文是这支队伍的带头人。他老家在福建南平，14 岁就外出打工学艺。30 岁时，他已经在福州有了自己的理发店，生意红火。儿子昊昊 5 岁，活泼好动，是魏庄文的心头宝。

"白血病"，诊断结果狠狠砸向这个年轻的父亲。治疗 58 天，昊昊终于暂时脱离了危险，可花费已达 40 万元。

稳定、规律的工作做不了了，魏庄文很快转让了理发店。一边，没有了收入；另一边，高昂的医疗费账单不断产生。妻子全力照顾孩子，他需要给家庭找到一条新的生路。

一天，魏庄文在医院附近碰到一个空调清洗工。学过家电维修的他心里一动，上前询问能否教自己洗空调，对方很爽快地答应了。后来这位师傅得知魏庄文的情况，不仅没收学费，还送了他一套清洗工具。很快，魏庄文开始干起了空调清洗。这份工作时间灵活，收入也不错，让陷入绝境的魏庄文看到了希望。

昊昊住的医院擅长血液病治疗，福建全省的很多白血病儿童都聚集在这里。而孩子们背后，是一个个面对和魏庄文同样困境的父亲。当地公益组织提议，给这些父亲成立一支清洗空调的队伍，这样大家都能有一份稳定收入。于是在 2018 年，魏庄文牵头，把愿意加入的人组织起来，教他们洗空调，自己接单后再派给队员们。刚开始，队员们只能清洗室内机，一台 60 元，而维修、清洗一台室外机能挣 200 元至 300 元，收入丰厚得多。经过高空作业培训后，队员们都愿意接室外机的单。

夏天是空调清洗的旺季，父亲们在一个又一个炙热的天气里悬挂着。保险绳不仅系着他们的生命，还有孩子们的治疗费。魏庄文最高爬过 79

楼，一个听上去就令人眩晕的高度。他却说跟爬到 2 楼没什么区别，"别往下看就行"。

危险仍是存在的。一次，魏庄文从 12 楼的窗户爬出去，刚踩到空调支架上，年久衰朽的支架就垮了。他斜着身子迅速向下滑落，一下坠到 11 楼。幸亏绷紧的保险绳拽住了他，11 楼的住户搬来凳子让他踩着进入室内，他这才得以脱险。

今年夏天福州多雨，气温一直不高，空调用得少，清洗、维修空调的生意就相对萧条。人们觉得气候舒适，魏庄文和队员们却着急又无奈。他们希望天气热些，再热些。为了多挣钱，连干十几个小时是常事——有的人白天清洗空调，晚上送外卖到凌晨一两点。

邻近的厦门有大单活儿时，"钢铁侠护卫者"也过去承接。去年他们带着铺盖卷儿，在厦门干了两三个月，晚上就在公园凉亭里凑合住。后来，当地的公益组织为他们提供了免费住宿地。魏庄文还记得，刚到厦门那天，他看着路旁楼上密密麻麻悬挂的空调，感觉特别高兴，"能多赚一点"。

"钢铁侠护卫者"的人数一直在变化。几年间，不断有人加入，也不断有人离开。最早入队的 6 位父亲里，除了魏庄文，只有一位还在队，后来陆续加入的队员也有不少回了老家，"80% 都治愈离开了"。这和公开资料显示的中国儿童白血病治愈率大致相符。

当然，也有不幸发生。一次面对媒体的镜头，说到有人因为孩子去世而离开，魏庄文把头转到一边。"什么事都有意外，这个我们没办法"，他的目光垂下去，"不提这件事"。

80% 以上的治愈率，看上去是个相当乐观的数字，但总有不在这个比例内的孩子。已治愈和正在治疗的，也是一家人一路血汗地蹚过来。

何雷一直牢牢记着孩子的主治医生说的话。他的小儿子 12 岁，前年 7 月生病，一直靠化疗控制病情。去年，主治医生告诉何雷，现在医疗水平发达了，如果放在二三十年前，就是有 1000 万元也没法治这个病。"两个字，坚持"，医生说，治疗是一个漫长的过程，能坚持住，就有希望。

在队里，何雷是个有些特殊的存在。出于安全考量，"钢铁侠护卫者"通常要求队员年龄在 45 岁以下，而何雷今年已经 50 岁了。因为干过家电维修，他在去年被吸纳入队。魏庄文不安排他从事高空作业，除了清洗空调，何雷还负责指导新手，教他们维修知识。

队员们上工都骑电动车，何雷骑车摔过好几次，手和脚都受了伤。原先他租住在医院附近，孩子化疗告一段落回家休养后，为了省钱，他改租了一间由储藏室改造而成的房子。

没活儿的下雨天，何雷一个人待在十几平方米的房间里，和孩子视频通话，刷刷手机。他在福州有亲戚，也有朋友，但从不联系他们。何雷不想承受同情的目光，"有的人可能也不想再和你来往，怕你会开口借钱什么的"。

"钢铁侠护卫者"是父亲们最重要的精神支撑。"至少有个说话的地方。"何雷说。队员们有默契，不在群里讨论孩子的病情，怕影响集体情绪，都是私下相互打气鼓劲。"（病程）比较早一点的家长会告诉我们，某个疗程会发生什么情况，好让我们心里有个底"。

去年，队员们每个月会聚一次。从快餐店里打包一些菜，买点瓜子啤酒，找个开阔的地方坐下来，聊聊最近的工作情况。今年收入少了，大家不舍得花钱，就没再聚过。知道昊昊又住了院，队员们纷纷从网上给魏庄文转钱。"小魏目前是走得最艰难的一个！"何雷感叹。

去年昊昊病情复发，到北京接受了第二次骨髓移植手术。手术前，他的嘴部四周溃烂得血肉模糊，什么也吃不了。今年，手术后的排异反应导致昊昊出现肠梗阻、咳嗽、皮肤变色等症状，住院不到一个月，又花了 8 万多元。累计算来，5 年来，为给昊昊治病，魏庄文已经花了 280 多万元。

在漫长而艰难的治疗过程中，魏庄文听说，有家长放弃了，想趁年轻再生一个孩子。但他从没那样想过。他说自己从小被父母丢给爷爷奶奶，好不容易有了家，有了孩子，如果就这么放弃，"感觉不对劲"。"做事情要对得起自己，对得起孩子，尽最大努力完成这个'任务'"。

"任务"，一个听上去理性、坚硬的词，乍听不像出自一个深爱孩子的父亲之口。然而经历过类似绝境的人才能体会到，在不对称的困境面前，感情本身也变得奢侈，只有进入一种"无情"的本能状态，才能长久地坚持下去。

何雷也是这么想的。他的大儿子已经到了谈婚论嫁的年龄，"现在就想尽量不拖累老大"。小儿子的病，有一丝希望也要争取，"做人就是这样子"。

队里的父亲大多没有在各类平台上筹过款。"不劳而获会让人变得懒惰。"魏庄文劝说大家，要靠自己的力量赚钱，做得好还可以作为长期的生计。

南方的红壤与苦热，让男人们锻造出朴实坚韧的性情和对亲情人伦的忠诚持守。遇到沟坎，他们没有轻巧地跨过去，而是选择用血汗填平它。

做这行久了，在别人家中、高空室外，魏庄文见过不少不为人知的生活截面。一次他接了一单活儿，到一位老人家维修空调。那是一台生产于 20 世纪 90 年代的三菱空调，早就老化不堪。老人说，这是当年和妻子一起买的，如今妻子去世了，他想把空调修好，留个纪念。魏庄文费了很大工夫，找齐早已停产的配件，帮老人修好了空调。

今年3月的一天，魏庄文在一栋楼上做维修，看到对面楼顶上有一对夫妻。丈夫正蹲着安装空调室外机，妻子则在一旁打下手。橘色卫衣下，她的肚子明显地隆起。魏庄文意识到，这是个即将迎来新成员的家庭。远远地，他拍下了他们相互扶持的情景。

活着是一桩艰难的任务，但活着也有温情和希望。最重要的是，得活着。

前几天，昊昊的血小板数值低，魏庄文连续几天到医院给孩子输血。疫情防控期间不方便探视，他趁着献血的机会悄悄去看了看昊昊。孩子刷着最喜欢的美食网站，要求父亲买这买那，魏庄文都答应下来。

他想，等昊昊病好了，要给他买各种好吃的，带他去看他心爱的企鹅和北极熊，而自己要去趟西藏。那里的蓝天白云下，会站着一个完成了"任务"的父亲。

（摘自《读者》2022年第17期）

我的四位美育老师

唐　韧

　　我的第一位音乐老师姓陈，是刚从中央音乐学院毕业的年轻姑娘。圆圆的苹果脸，亮眼睛，人挺苗条，常穿一件嫩绿色的毛衣。她走进音乐教室，微笑着，宛如春天走了进来。她教我们画五线谱里的"蜗牛"符号、"蝌蚪"符号，画着玩而已，不测验。我们跟着她的琴声唱哆来咪发嗦，也是玩。更快活的是跟着她大声唱："来吧，亲爱的五月，给树林穿上绿衣"或者"驴子走进树林里，要跟布谷比本领"。这些歌保存在我的记忆里，至今仍能完整唱出来。她教的时间不长，后来的音乐老师，我反倒不记得了。

　　小学的美术老师是个老头，我们知道他叫王成。有一天看到教研室黑板上写着"王成有事，请假半日"，小孩们大约觉得这话有趣，念叨来念叨去，就记住了。他也会讲一些知识，近大远小、三原色，但他最有成效的，也是让我们最感兴趣的教学方式，是布置美术日记。我们每个人都有一个巴掌大的小本子，每天必须画点东西，画就行，画不好也不要紧。一间房子，一只鸟，一颗糖，一顶帽子，一棵树……我画的经常是《格林童话》里的人物和小猫小狗之类；我同桌的日记，连同课本的空白处，则画着各种青蛙，蹲的、跳的、捉虫的，要不就是英雄人物。他的父亲是有名的国画家，曾送给我们班一张北海公园春游的画，一直挂在教室后墙的正中，甚受全班同学景仰。

升入初中我可遇到了名师。我的音乐老师米黎明，个子不高，宽胖身材，"共鸣器"长得很好，据说是北京"四大名唱"之一。她是女高音，歌声辽阔舒畅，听起来让人想到电影里波浪起伏的海面。她在音乐教室练唱，隔着一个大操场听，耳朵还有震感。

那时候我们学的歌，多是热血沸腾的抗日歌曲，和歌颂祖国新面貌的爱国歌曲。她让我们听冼星海的《黄河大合唱》，凄婉的《黄水谣》，高亢有力的《黄河船夫曲》，把全班同学分成两半唱《河边对口曲》，四部轮唱《保卫黄河》。米先生教唱歌从来不用讲解，一首歌的情感该怎样表现，全在她的歌声里。犹记得初三毕业测验，唱的是冼星海的《在太行山上》，我们学着敬爱的米先生，尽量豪迈地唱出："红日照遍了东方，自由之神在纵情歌唱！"

米先生的音乐课最神奇之处是我很多年以后才体会到的。我快70岁的时候，家里为外孙买了一架电子琴。那天我来了新鲜劲，坐在那儿把想起来的歌弹了一首又一首。女婿诧异道："妈妈你不用看谱子吗？"我说："会唱的歌当然就知道谱子呀。"他大为惊讶："妈妈你神了！我弹吉他必须得先记谱，歌手大赛时好多唱得很棒的选手都不会听谱。"

我这才知道，米先生教了我们一个大本事。一开始上她的音乐课，我们就跟琴唱乐句，从各个声调的"啊——"到唱谱，逐渐学会了把比较长的乐段按高低长短用音符记在纸上。最后，初三毕业时，米先生要求我们找一首歌谣，自己配个曲子交给她看。这不就是作曲吗？不止我学会了，我们全班都学会了。

教我初中美术的樊先生同样优秀，她是工笔花鸟画大师于非闇的关门弟子。她也按教材教西洋画的画法，但最有趣的莫过于让我们跟着她在校园里写生，画墙根下的玉簪花和花圃里的玫瑰。樊先生告诉我们怎样用水彩颜料表现花瓣饱满的水分，着色时怎样用水逼真地刻画花瓣颜色的深浅变化，以及为什么要保留着色的笔痕。

我当时热衷于学画，被选为美术课代表，梦想考中央美院附中，经常守在樊先生的办公桌旁，看她怎样在上过矾的熟宣纸上用双钩法画工笔花卉。荷叶上画出的透明色彩像凸起欲流的露珠，浓稠颜料点出的是颤巍巍的花蕊。她临摹叶浅予先生的舞蹈速写后，改画成工笔画，画出舞蹈的女孩身上轻盈的衣裙和飘带，点出她们亮晶晶的眼睛……

那时候，我常在课间休息时伏在课桌上画画，还曾经背着画夹到学校附近的北海公园去写生。初中毕业时同学们送我的照片后面，许多都写着"送给我们班的小画家"。但是因为素描石膏像没画好，我没考上中央美院附中，梦想就此中断。不过后来在中学教书和在文化站当站长时，我都能为板报配上不错的插画和报头。学校美术老师缺人时，我还教过一个学期的初中美术。

当我回忆这几位美育老师时，感觉曾经跟着他们学习是多么幸运。这种幸运不仅在当时的快乐中，也在后来的工作中。我曾用他们教授的东西给予学生帮助和快乐，他们对美的执着搔到我心中的痒处，对美的向往和追求让我有所触动，这种触动无法用分数评判，却比一切知识技能更重要更持久。或许可以说，美育的关键就在于这种触动。

（摘自《读者》2022 年第 20 期）

谁多看了你一眼

南在南方

想起一个故事，说的是思想家王夫之年老多病时，有朋友来看他，朋友走时，他站在门口说："恕不远送，我心送你三十里。"

朋友觉得王夫之就是客气一下罢了，走了十来里地，忽然想起有东西忘记拿了，于是返回，只见他还站在门口。

远去的，只要愿意，都可以目送。落日可以目送，小船可以目送，流云也可以目送，当然，还有背影。每一个背影的前面，都有一个亲爱的、清晰的面容。面容用来盛欢笑，而背影用来粘连目光。

记得很久以前，我读到这样一句话："你走，我不送你；你来，无论多大的风多大的雨，我都要去接你。"那时，我刚刚知道有一种情感叫不舍，也明白有一种情感叫相聚；那时，我喜欢重逢的盛大。

再到后来我觉得，送别才是盛大的事情。送别的地点不一定非是车站、码头、机场，而是你离开的地方，我目送的地方。

目送聚焦的大多是背影，但也有静默相对的时候，就像我和祖父。

祖父去世前一天，他坐在矮圈椅上，面前有铁制的暖炉，我给他喂婴儿米粉，他吃了几匙，便不肯吃了，抿着嘴摇头，那时他已经不能言语。放下米粉，我给他泡茶，喂他喝了几口，他不肯再喝。我便把茶杯放在暖炉上，他欠着身子将杯子朝里推了推，这是他的习惯，怕杯子摔着了。他坐在那里，一言不发。我坐在那里，也一言不发。间或一只鸡从门口张望，吸引了他，他朝门口瞅一下。某个时候，我看见他忽然有两行眼泪流下来，就用手帕给他擦，好像总也擦不干……那小半天，我坐在他斜对面看着他，像默诵一篇文章。第二天早晨，他就走了。当时，我去医院给他买药，因为前一天晚上他的呼吸有点儿深重，我想也许是有痰。等我回来，他已经走了。

这是一个已知的结果，可是我的悲伤难以自抑，唯想到相对而坐的小半天，方得到有限的安慰。我想，我们算是彼此目送了。

记得小时候去二姑家，祖父要送上10多公里，坐在一个叫楸树垭的山口看着我下一个叫二台子的坡。他坐在那棵有着高大树冠的楸树下，只有我下到坡底，走到另一个山口才能看见。我回望，他在那里；再回望，他还在那里，身上是一件对襟的白汗衫。我转过那个山口时，突然就有强烈的依恋，我转身躲在石头背后，看他慢慢起身，然后消失。

很多时候，因为短时间的相聚，长时间的分离，我们互相感念牵挂，好像没过多久，就阴阳两隔，他在里面，我在外面。再也看不见的背影，像一块黑色的幕布挂在黑夜中。有句话说"情深不寿"，想想已经很好了，至少我们在珍惜。

我就想，无论风和日丽，还是风雨交加，如果分别是难免的，那就送别；不能亲往，那就目送。如果他回头，你在原地，他心口便会涌上来些许温热，虽然接下来的路还是要自己走。

（摘自《读者》2022 年第 21 期）

以星星的名义作答

肖 睿

　　4 岁上小学，16 岁上大学，26 岁博士毕业，32 岁成为博士生导师，曾任北斗试验系统分系统主任设计师，现任中国科学院导航总体部副总工程师、中国科学院空天院研究员，徐颖的人生在很多人眼里都是"开挂"般的存在。

　　2016 年，一次偶然的机会，她用脱口秀的形式做了一场名为《来自星星的灯塔》的科普演讲，收获了超过 2000 万次的视频播放量。

　　2017 年，她和航天英雄杨利伟、中国科学院院士欧阳自远等人一起，被评选为"科普中国形象大使"。今年，她又荣获第 26 届"中国青年五四奖章"。

　　在这些光鲜的荣誉背后，徐颖说自己只是北斗系统工作者中普通的一分子，对于"北斗女神""科学家"的称呼，她总是笑着婉拒："我觉得我现在肯定不算是一名科学家，只能说是一名青年科研工作者，再过几年呢，可能我就会变成一名中年科研工作者。"

默默"拧螺丝"的人

如果用最简单的话来描述北斗的根本意义，徐颖会用三个字：守国门。

"对，就是守国门、守命脉的事情。"徐颖解释，"卫星导航定位系统其实是一个时空的服务者，它告诉我们时间、空间，保障了我们的生活运转，更关系着国计民生、国防安全乃至主权独立，是非常重要的一个基础设施，我们一定要把它构建在自己建立的系统基础之上，不能把命脉交到别的国家手里，这就是北斗存在的最根本的价值。"

20多年的时间，400多家研发单位，30多万科研人员……徐颖觉得，北斗就像一艘巨轮，不仅需要先进的思想、技术、管理来做巨轮的"中枢"，更需要在每个岗位上默默"拧螺丝"的人，秉持实干精神，保证把自己手中的"螺丝"拧到最稳，永远不掉、不出问题。"正是这些看似微小的细节和千千万万埋头实干的人，才组成了这样一艘巨轮，保护着它安全、可靠、有效地往前走。"

在徐颖眼里，导师们都是实干型的人。"哪怕得了国家技术发明奖一等奖，或者任何奖项和荣誉，他们都还是会关注科研工作中最基础的问题。有时候在实验室，导师可能觉得我们焊的板子有一些细节不是很符合要求，便会亲自上手去做，直到满意为止。"

在北斗人身上，这样的实干精神是一脉相承的，徐颖还听过一个令她记忆深刻的故事，是关于北斗卫星导航系统工程原总设计师、共和国勋章获得者孙家栋院士的：在一次北斗卫星调试中，卫星组装出了一点问题，当时已经 80 多岁高龄的孙家栋院士立刻就跪在地上，亲手检修卫星的底部。

"在这些前辈身上，这种务实的作风体现得淋漓尽致。在北斗的每一个项目中，每一个总工程师都能够深入技术的最底层，不会飘在上面。有的人可能觉得，我们这个领域，讲太空、讲宇宙，都是些诗和远方这样很宏大的话题。但当你真正去做太空探索这件事的时候，你会发现落到工程上，可能就是焊一个器件、调一行代码，它是会落地的，会落得非常扎实。"

从老一辈北斗人身上学来的精神，徐颖也传授给了自己的学生。徐震霆是徐颖的研究生，目前的研究方向是卫星导航接收机。跟随徐颖做科研，徐震霆最大的收获就是学习到了对待科研的态度。

除了严谨务实，徐颖教给学生的第二件事是"要耐得住寂寞"。与北斗相伴的十几年间，徐颖说自己的工作强度远远不止"996"。周末和节假日，泡在单位加班对徐颖来说也是家常便饭。

"耐得住寂寞，一定是做科研的基本素质。因为科研工作是一个周期非常长的事情，可能要很久才能得到一点反馈。如果是那种'恨不得我今天干的事明天全世界就来夸我'的性格，那么这个人可能就得换一个行业。"但在徐颖看来，这其实也是一个具有两面性的事。"周期长其实也意味着科研生命可以很长，可能到 60 岁、70 岁，甚至 80 岁，还能持续地做这件事情，并且过往积累的经验会给你带来更有力的支撑。"

打破性别天花板

和北斗面临诸多质疑一样，作为女性，徐颖也曾面临过关于性别的质疑。

那是她在博士毕业找工作期间的一次面试，面试官对她说："你可以反驳我，但是我觉得女生不适合做科研。"听到这句话，徐颖的第一反应是愣了一下："我知道也许很多人心里这么想，但是这么直白地表达出来的还是比较少见的。"想了想，徐颖回复道："我觉得没有不适合做科研的性别，只有不适合做科研的人。"

事实上，这样全凭感觉的判断，对很多女孩来说并不陌生。在徐颖的组里读研三的陈静茹曾经观察过，高中时她所在的理科班里女生和男生比例是3:4，到了大学的理工科专业则是3:7，等到了研究生的班里，这个数字变成了3:30。"好像大家天然地认为，女生就应该学文科，应该从事更'安稳'的职业。"

徐颖也无法认同这种对性别的刻板定式，但她的态度更冷静。"有人认为这是一种性别歧视，我可能会觉得它更多的是一种思维定式。就像大多数人认为女生不适合学工科，同样也会有人说男生不适合学护理。似乎所有人都默认男生更适合做一些需要逻辑思维、体力消耗大的工作，而女生则适合去做需要细致、有耐心的工作。实际上换个角度来看，为什么大多数人会这么想，肯定还是因为女生学工科的少、男生学护理的也少，这其实就是一个群体概率和个体的情况。也许对于群体来讲，80%的女生都不适合学工科，但是对于个体来讲，落到一个人身上的概率可能是0，落到另一个人身上则可能是100%。所以说群体概率在个体的选择面前是没有意义的。判断自己能不能做科研的依据是：是否对未知的世界充满好奇，是否在煎熬的时候选择继续，是否有勇气随时从头开始。要不要走这条路、合不合适，由自己来决定，不由其他任何人来决定。"

在徐颖看来，科研界恰恰是一个特别容易打破性别天花板的地方。"因为在科研界，一切都要靠最后的成果来说话，每个人都需要作出点东西，才能支撑自己的观点，这不会因为性别而有所改变。而当你站在太空的角度思考问题，很多事情好像就更不值得讨论了。你看着星空，就一点儿都不屑于反驳'女孩不适合做科研'这样的话，你只会觉得，任何一个人都应该有机会去靠近、去探索。星空多广阔啊，每个人在它面前都是平等的，它只管接受你的来意、你的志向，从来不会问你是男是女。"

陈静茹很庆幸自己能成为徐颖的学生，"能跟着这么优秀的老师求学，我觉得特别幸运，老师常常跟我们说一句话，'求其上者得其中，求其中者得其下'。她告诉我们，不管做什么事情，目标一定要定得高一点儿，不要因为自己是女生，就放低追求的标准，这样哪怕完成不了自己本来的目标，起码结果也不会太差。老师就像一个'六边形战士'，在她身上我收获了很多的女性力量"。

徐颖曾多次被问及："作为一名女性，如何平衡工作和生活？"面对这样的问题，她总会露出无奈的笑容，她说："似乎从来没有人这么问男性。这其实是另一种思维定式，也是大众对女性过高的期待，希望女性在工作之余还能照顾好生活和家庭。事实上工作和生活是没办法平衡的，因为每个人的时间都有限，花在一件事上的时间多了，那么给另一件事的时间自然就少了，不可能什么都选，只能做好选择，然后对所选的事情负责。"

更广阔的空间和可能

当前，可以说北斗系统的建成改变了全球卫星导航系统的竞赛格局，也在不断地改变我们的生活和未来。

在徐颖的科普演讲和视频中，她用生动的故事代替高深、晦涩的科学术语，用风趣幽默的语言为公众讲述北斗研发的故事。在她的讲述中，北斗正在润物细无声地影响我们生活的方方面面：当你的智能手环提示明天会有一场雷阵雨，当你用手机 App 查询附近好吃的饭馆时，都可能是北斗在为你服务。

在卫星导航系统业内有一句名言："卫星导航定位系统的应用，只受制于个人想象力的限制。"对此，徐颖的理解是：北斗已经应用于各行各业，怎么能够更好地让它按照每个行业的需求来为其提供服务，这就是所说的"想象力"，换句话说，就是科学的创新精神。"科技创新一定要有一片特别好的土壤，这就要从孩子、学校、教育，包括科普这些最细微的地方开始入手。"徐颖说。

因此，徐颖愿意在繁重的科研工作之余，一次次出现在大众面前承担科普的工作。"如果每一个科研工作者，都能来讲讲自己最熟悉的领域，不用花太多的时间，也许就能让大家更多地看到这个科研领域的无限可能性，以及科研自身的魅力。尤其是对于孩子们，培养他们的科学素养，激起他们对科学的向往，那么再过 10 年、20 年，一定是能够看到成效的。如果我的一些话，能够让年轻人对科学有兴趣，让更多人可以试着用科学的眼光看问题，甚至哪怕只是让一个在科研领域大门前犹豫的女孩重获信心，我就觉得这个时间花得很值。"

徐颖相信，在未来，北斗会像空气和水，成为我们生活中必不可少的部分，为人类实现宇宙级的想象力。

（摘自《读者》2022 年第 23 期）

我与父亲的较量

温手释冰

第一次与父亲较量，是在我 15 岁的那一年。

那是 20 世纪 80 年代中期。那一年，我以全年级第 13 名的成绩，考上了县高中。全县有三四千名考生，而县高中那一届新生只招 300 人，我所在的学校只有 30 多人被录取。但是父亲并不打算让我上高中，他想让我去上技校，理由是作为家中长女，我应该早一点毕业，好帮他养活家里人。

父亲所在的单位是以前交通部直属的央企，工资福利待遇在小镇上令人羡慕，母亲是一家县办织布厂的工人。我还有两个在上学的妹妹，但是家里的经济条件也不至于供不起 3 个女儿读书。

我自认为资质不差也很努力，从小虽然没有在任何一次考试中名列前茅，但当亲戚们问我："大丫头，你长大了想做什么呀？"我总会一本正经地回答说:"我要上大学。"

父亲所说的技校,以前是没有的,恰好在我中考那一年,作为县里办学的新形式出现。如果它晚一年出现,父亲肯定就没有理由不让我上高中了。不上高中,就考不了大学,我想过反抗父亲。但我从初二下学期开始就出现了严重的偏科,数学用功最多,却怎么也考不到 90 分。对于考高中,我唯一担心的就是数学成绩会不会拖后腿。

父亲似乎看出了我的犹豫,说:"如果上了高中又考不上大学,那就会成为待业青年,高中就白上了。"那个年代的待业青年很受人同情,也很遭人嫌弃。从小心高气傲的我,显然不想成为待业青年。

技校比高中晚开学半个月。我眼睁睁地看着班上另外 4 个跟我一起考上高中的同学去县高中报到。没有考上高中的堂姐,到县棉纺厂做了挡车工。

我在大脑一片空白的情况下,上了县技校的家用电器班。去了才知道,上技校的同学都是没有考上高中,才退而求其次的。15 岁那一年的暑假,成了我年少时的一道伤痕。父亲用他的话击垮了我的信心,依照他的意志改变了我的命运。

3 年后,县里给技校的第一届毕业生包分配的单位是县棉纺厂。我相当于白读了 3 年技校,结果跟没考上高中的堂姐一样。这让母亲觉得面子上挂不住,对父亲不依不饶,让他想办法把我调到他的单位去。

父亲一开始非常不情愿,说在哪儿工作都一样,后来他害怕母亲唠叨,才找了单位领导。其间母亲为了早一点达到目的,要我去催父亲。我坚决不肯和父亲多说一句话。其实自从上了技校,我与父亲也没说过几句话。

一直到当年 11 月,单位才通知我上班,工作的部门是维修车间。上班前一天晚上，父亲找我谈话，说他深刻体会到单位里人与人之间的复杂关系，才不想让我到他所在的单位上班，但是拗不过母亲，只得同意。"以后的路就靠你自己去走了，老爸只送你一句话：清清白白做人，踏踏实实做事。"

这一回合，为了我跟父亲较量的人是母亲。母亲用她自以为是的远见卓识，赢了父亲自以为是的与世无争。

我在维修车间工作了两年，每天跟钳台打交道，业余时间写的文章经常在企业报上发表，成了单位的小名人。彼时单位正需要一个文笔好的人做秘书，调令下来的那一天，父亲很高兴，说大丫头争气。这个回合算不算我跟父亲的较量呢？我靠自己的努力，而不是靠父亲的关系，从车间调到了机关办公室。如果算的话，那就是我赢了。

我跟同一个单位的同事谈恋爱。他是一名趸船上的水手，退伍军人，少年丧父，只有寡母，弟兄3人，无房无钱，显然没有任何优势。可能是我异常坚定的态度战胜了父亲，他竟没有表示反对。后来，我常对先生说，也许父亲这辈子做得最正确的决定，就是没有反对我嫁给你。

后来，大妹妹考上了一所专科学校的会计专业，毕业后进了父亲单位的财务室做会计。小妹妹中考失利，她复读一年后考上了中专，毕业后也进了父亲的单位，在装卸队做统计员。那时父亲60岁了，办理了退休手续。在20世纪的最后一年，单位改制了，我们姐妹3人成了下岗职工，父亲眼睁睁地看着他为3个女儿精心谋划的未来落空。

我们别无选择，起早贪黑开启了新的生存模式。小生意做得艰难，先生总是留心寻找更好的赚钱机会。那时一个后来蜚声全国的国产电器品牌的营销正处于起步阶段，在市县寻找代理经销商。先生费尽周折与这个厂家的厂长取得联系，对方被先生的诚意打动，愿意以只交少量押金便可以带货销售的方式合作，前提是我们得租一个像样一点的门店。

当时我们手里没有存款，也磨不开面子找父母借，我只是有意地在父亲面前假装跟先生商量，以此试探父亲是不是认可，愿不愿意借钱。我知道父母几十年来虽然没有很多积蓄，但是几万块钱还是有的。结果父亲置若罔闻，我也始终不肯向父亲开口，这件事就不了了之了。

一年后，我们镇上有了一家那个国产品牌电器的直营店，听说老板已经代理了全县的经销权，那时空调和冰箱刚进入普通家庭，生意好得不得了。多年以后，母亲总是以遗憾和愧疚的口气说起这件事，说只怪当初他们目光短浅，只顾让我们低头赚钱，没有抬头看路。

如果这也算一场较量的话，那么是我的倔强输给了父亲的谨慎。

再后来，先生决定跟朋友合作开一家大型餐饮酒店，每个人得出几十万元。父亲这时表现出了前所未有的果敢，他和母亲拿出了一辈子的积蓄。在资金不够的情况下，做事谨小慎微、不肯向别人借一分钱的父亲，甚至不惜拉下面子，借遍了所有的亲戚。好在，我们的生意越做越好，还了本钱，又开始赚钱。我们还买下了朋友的股份，接连开了5家分店，生意做得风生水起。

时光就这样过去了10多年。这时我已经快50岁了，父母还住在几十年前的老房子里。亲戚们都因为老城区拆迁而住进了新房，父亲破旧不堪的老房子却迟迟没被列入拆迁范围。我在离我家不远的小区买了1套新房，只待父母拎包入住。

父亲却不肯入住，我请姑妈说服父亲，姑妈对父亲说："女儿女婿买的房子，比你自己买的房子住着心里更美呢。"父亲扭捏了很久，终于带着不情愿的样子跟着母亲住进了新房。

如果说这也算我跟父亲的较量，那么这一回合是我赢了，我想或许是因为父亲老了，他不得不服输。父亲考量了他的人生，对女儿的生活作出了安排，而我服从了他对生活的选择。归根结底，不管命运是好是坏，生活是苦是甜，我们都是想让对方幸福。这算不算一种和解呢？

（摘自《读者》2022 年第 20 期）

912 个太阳

蔡 成

　　我奶奶叫李氏，没名，也不识字。但她写过一封长达 5 页的信，而且是情书。

　　50 多年前，我奶奶靠一双小脚，从湘西一个叫桐子坡的地方，沿着弯弯曲曲的山路走了两天两夜，来到洞庭湖边的金盆桥。她是来成亲的，可怜她在此之前与我爷爷连面都没见过。

　　刚踏进蔡家低矮的茅屋时，奶奶吃了一惊。爷爷家实在太穷，哪怕那天是他大喜的日子，桌子上除了一碗看不出是啥肉的黑疙瘩，只有几碗地瓜稀饭。奶奶羞红了脸，抬头却看到了高大魁梧的爷爷，看到了我爷爷热切的目光。奶奶心里一喜，地瓜稀饭和"黑疙瘩"就吃得格外有味了。新婚之夜入了洞房后，奶奶问："那肉真香呀，是啥肉？"爷爷红了脸："老鼠肉。那家伙太狡猾，我花了 3 天才在地里捉到两只……"爷爷话没说完，奶奶就已经呕吐得分不清东西南北。

结婚3天后，爷爷要去江西萍乡煤洞里挑煤了。他将年老体弱的老母亲，也就是我的曾祖母交给奶奶，然后在我奶奶泪眼汪汪的目送下，跟随村里另几个人远走他乡。

爷爷一走就是两年多，杳无音信。那时，爸爸已经出生而且开始学习叫"阿爹"了，而曾祖母的腰弯得几近贴着地皮了。奶奶常常在煤油灯下边抹眼泪，边给爷爷纳布鞋。鞋子一双双叠在木箱底，因为奶奶不知道如何把鞋子送到爷爷手里。她甚至不知道爷爷哪年哪月在他乡何处——虽然爷爷走之前交给了她一张字条，上面写着萍乡的地址，但奶奶不识字，也不好意思请别人替她写信给爷爷。

又到年终的时候，村里又有几个年轻人要去萍乡挑煤。奶奶脸红心跳地赶紧包扎了几双布鞋托邻里带给爷爷，另外，又格外慎重地从胸前掏出一封信递给乡亲。厚厚的一封信，用手帕包裹着，折叠得方方正正。

几个邻里青年走在去萍乡的路上时，终究忍不住，偷偷把奶奶的信拿出来看。他们傻眼了，信写了整整5页，但一个字也没有，上面画的全是圆圈。一个又一个连着的圆圈，密密麻麻好几百个……前4页的圆圈上无一例外都还添上了几根须须。最后一页依旧是圆圈，只是与前面不同，那是3个圆圈紧紧连在一起，两大一小，而3个圆圈外又添了没画完的半个圆圈。

什么玩意儿？青年们莫名其妙，本以为能看到热火火的文字或别的什么，居然是一溜儿乱七八糟的圆圈。真是失望透了！

总算到了萍乡，他们见到了我爷爷。爷爷欢天喜地马上褪下脚上的破旧鞋子，换上奶奶纳的新布鞋。他在原地蹦了几下，不大不小，正合适，舒服极了！

爷爷听说奶奶还写了信给他，等不及询问邻里老家的情况，便拿起奶奶的信跑到偏僻的角落去慢慢阅读了。他甜甜蜜蜜地把信看了又看，心中那个喜呀，连邻里跑来问他到底那古古怪怪的信是啥意思他都没顾上搭理。过了一天，我爷爷兴冲冲地一个人回湖南老家了。

爷爷今年已经 96 岁，奶奶已过世好多年了。每年奶奶的忌日，爷爷都会把那封收藏得严严实实的情书拿出来晒晒太阳，也会让我们饱一饱眼福。我们看不懂那封信，爷爷就细心地指着纸上的圆圈对我们说："带须须的圆圈是太阳，就是一天的意思，后面一页连在一起没须须的大圆圈是你曾奶奶，另一个是你奶奶，那个小圆圈就是你爸爸，那大半个是……正是那一天，收到你奶奶信的那一天，俺才知道你爸爸早已出生了呀，俺家有小祖宗了呀，也知道你奶奶有多想俺了。"

接下来，爷爷放低了声音读信："过了一个太阳，又一个太阳，又一个太阳，又一个太阳……总共过了 912 个太阳了。俺和娘和崽都想你，想跟你在一起……"

（摘自《读者》2022 年第 23 期）

仁是柔软的心

杨无锐

　　北方的夏天，最诱人之处，是各色瓜果纷纷上市。肥厚多汁的桃、杏、李子、西瓜，馋嘴的小朋友可以一直吃到肚胀，随之而来的，是"一直这样该多好"的幸福感。果肉食净，剩下坚硬的果核。剖开果核，一个软脆脆的东西，或苦，或甜，或香，或涩，那就是果仁了。小小的果仁，包含着全部生命密码。生生不息的自然循环，全部秘密，都蕴藏其中。

　　果仁是美味，是良药。杏仁、桃仁，吃法无数，足以写成厚厚的食谱。西瓜子、葵花子，价廉味美，最宜消磨漫漫长夜。儿时住在大杂院，每逢夏夜，三五邻居乘凉闲话。母亲一手轻摇蒲扇，驱赶蚊蝇；另一只手，熟练地把瓜子送到唇边。一声脆响，完整的瓜子仁拈在指尖，放到桌上，瓜子仁渐积渐多，母亲满满捧起一把，送到我嘴里。我嚼啊嚼，半天才能咽下，临了，深吸口气，喊一声："真香啊！"母亲不搭理我，继续聊天，摇扇子，嗑瓜子。桌上的瓜子仁又多了起来。

其实，"仁"是个深奥的、高贵的字眼。孔夫子喜欢讲"仁"，估计给他的学生带来了不少困扰。学生问他"仁"是什么，每次都得到不同的答案。《论语》里一个好玩的例子，是樊迟三次问"仁"。《雍也》第二十二章："（樊迟）问仁。曰：'仁者先难而后获，可谓仁矣。'"《颜渊》第二十二章："樊迟问仁。子曰：'爱人。'"《子路》第十九章："樊迟问仁。子曰：'居处恭，执事敬，与人忠。虽之夷狄，不可弃也。'"

每次读到这几条，我都觉得樊迟怪可怜的。他那么执着地向老师提问，想讨一个标准答案，可是老师每次都拿些琐碎的生活规范搪塞他。"先难而后获"，无非是说做事先苦后甜，先求耕耘，再问收获。"居处恭，执事敬，与人忠"，无非是说在家讲礼貌，做事很认真，待人有诚信。这样做就是"仁"吗？成为"仁人"，岂不是很简单？我猜，樊迟当初也有这样的困惑。

孔子又说，"仁"就是爱人。这听起来比较像是一回事了。因为这个答案不那么具体，不那么琐碎，总之，有点像哲学了。后来的很多哲学史家，就抓住"仁者爱人"这一条，从孔夫子的"仁"里发挥出一套爱的哲学。

如果我是樊迟，还会继续追问："爱人，爱什么人？如何爱？这个爱，是一道绝对律令，还是一种成为仁人的手段？"很长一段时间，我为想出这一连串提问而沾沾自喜。我坚信，这些问题，孔夫子无法回答，研究孔夫子的人也无法替他回答。因此，孔夫子的哲学，是有漏洞的哲学。

多年以后，我忽然不好意思起来：幸亏我不是樊迟，幸亏我没有机会在孔夫子面前抛出那些问题。对孔夫子而言，那种哲学式的追问，可能属于根本性的错误。错就错在，把"仁"当成一个知识性的命题，而不是一件与自己生命相关的事情。樊迟问"仁"，孔夫子顾左右而言他，或许正是意在把樊迟的注意力引向生活、生命本身，而非纯粹的知性探究。孔夫子不想做讲述"仁的内涵及其局限"的老教授，也不希望樊迟成为只是手里抄着笔记的学生。

做事先苦后甜，先求耕耘，再问收获，这当然不是"仁"。在家讲礼貌，做事很认真，待人有诚信，这当然也不是"仁"。孔夫子想告诉樊迟的是，你必须首先去这样生活，认真地活。"仁"是活出来的，不是讲出来的，也不是记笔记记出来的。

如何才能活出"仁"呢？有一天，我在《宋元学案》里读到一段话，一段让我震惊的话。上蔡先生谢良佐说："活者为仁，死者为不仁。今人身体麻痹不知痛痒谓之不仁，桃杏之核可种而生者谓之仁，言有生之意。"

我很震惊，因为这段话让我记起多年以前母亲为我剥瓜子的夏夜，记起满满嚼在嘴里的醇香的瓜子仁。原来，高深莫测的孔门之"仁"，和瓜果梨桃里面的那个"仁儿"是相通的。坚硬的果核包裹着果仁，仁，是果核里最柔软，也是最具生命希望的部分。人们心中的"仁"，又何尝不是如此呢。

心是有软硬之分的。《诗经》里有"我心匪石，不可转也"的句子，日常的口语也常有"心如铁石"一类的说法。说一个人的心像石头一样硬，这可以指他有坚定的意志、信念，也可以指他很残忍，对别人的痛苦视而不见。更为可悲的是，这两种情形通常相伴而生。一个人过于执着于自己的理念，他的感受系统就会变得封闭，甚至退化。他听不到自己不愿听的，看不到自己不愿看的，对与自己不同的人和事，不愿去了解，更不用说在懂得之后心存慈悲。对这种人，汉语里面有一个成语，叫作"麻木不仁"。

　　这个成语太常见了，以致我们无暇去体味其中的意蕴。"麻木不仁"的"仁"，也就是儒家常讲的仁爱之"仁"。朱熹说，仁就是柔软，不僵硬。柔软的心永远是敞开的，随时随地准备与周遭世界进行交流。一个内心柔软的人，深沉地爱着自我，也对外界保持着善意。他通过自我与外界的不断对话，丰富着自己的生命。

　　想要认识"仁"的深意，最好的办法，是为母亲剥一捧醇香的瓜子仁。

（摘自《读者》2022 年第 14 期）

输给父亲的十年

胡塞北

1

王远是我身边唯一一个，被鞭子抽着跑完前半生的人。那个拿鞭子的人是他爸。

王远他爸是武汉某大学的教授，教工程造价。在学习方面，他对王远要求十分严苛，对待儿子的错误也绝不姑息，坚决贯彻"棍棒之下出孝子"的教育理念。老王很成功，王远一直都是一些家长口中的"别人家的孩子"。

王远觉得很痛苦，他只想长大以后当一个爱弹吉他的农民。他长相普通，身高普通，就连人生理想也普普通通。同学们都很费解，因为那时大家都立志要当科学家、大发明家。

我曾经问过王远为什么想当农民。他给我听了一首歌，周杰伦的《稻香》。王远得意地说："怎么样？是不是很有意境？夏日午后，轻柔的风从金黄的稻田上拂过，你抱着吉他，靠着稻草人，唱着心爱的歌。想一想，整个人都满足了。"

第一次见识到老王恐怖的一面，是在他家吃饭。当时王远临近高考，老王每顿饭都给他做一桌大鱼大肉，所以我经常去他家蹭饭。

这天饭吃到一半，老王放下筷子，一本正经地对王远说："再努力一把，高考好好发挥，一定要考上武汉大学。"

"我要是考不上呢？"王远问。

"考不上就复读。不知道你从哪里听了些歪门邪道，竟然说以后要去当农民，我明确告诉你，不可能！"老王的语气严厉起来。

王远瞪着他，说："这是我的理想。我看啊，只要是你不赞同的，全是歪门邪道！"

"啪"一声，王远的左脸红了。

"我有自己的想法，凭什么一定要走你规定好的路？"王远吼出这句话，然后把自己反锁在房间里。

"你自己想，以后怎么办？"老王对着反锁的门喊，"我不是在和你商量，只是在通知你。"

当时我才高一，高考离我还比较遥远。后来我才发现，武汉大学是普通人考得上的吗？

王远不是普通人，还真考上了。

2

王远很小的时候，他母亲就病逝了。老王留在重庆，怕睹物思人、徒增伤感，便带着王远搬到武汉。老王把所有心血倾注在儿子身上，再加上自己是个大学教授，望子成龙的愿望也比一般家长的强烈。

经过那一次争执，我以为王远会一气之下离家出走，逃到某个偏远的小山村去种田。没想到，王远复习反倒更认真了。他英语最差，每天早上5点，准时起床背单词。中午午休的时候，也听着英语听力入睡。

得知王远那么努力，我见他就开玩笑："你不当农民啦？"

"怎么可能！我突然想通了，谁说上武汉大学就不能当农民？我以后要当有技术的农民。"王远一脸得意，嘴角翘得老高。

王远考上了武汉大学，读的是喜欢的专业。

挨过高三一年的压抑，王远解放了。他每天上课，去实验室做实验。空闲之余和室友打打游戏，天气好的话，背着吉他去操场唱唱歌。日子过得潇洒自在。

一个学期快结束，老王打电话告诉他，他托武汉大学的朋友，给他办转专业手续，让他改读工程造价。

王远满脑子反驳的话一句都未能出口，一腔热血就消逝在"嘟嘟嘟"的忙音里。

第二天看到王远哭丧着脸，我知道他谈判失败了。"上个月，他被检查出来心梗。医生嘱咐，这种病不能太生气。"

王远认命了。他又回到高三的状态，夜以继日泡在图书馆，恶补工程造价大学一年级的内容。快赶上学习进度时，老王又打来电话。我正和王远吃饭，只见他挂掉电话，面色凝重。

我战战兢兢地问他："你爸又下什么死命令了？"

"他让我好好准备英语考试，去美国读研究生。"

"保重！"

"可我只想当个农民，不想当工程师，也不想给自己那么大压力。"

"所以呢？"

"所以我拒绝了。"

那晚，我和王远从 8 点喝酒到 11 点。其间，他的手机上有 20 多个未接来电。他从始至终没看手机一眼。手机震动声尤为刺耳。最后，王远拿起手机，扔进装满啤酒的玻璃杯中，溅起一片酒花。

手机像喝醉了，昏死过去，屏幕再也没有亮起。

"呜哦！"王远大声喝彩，指着玻璃杯里的手机说，"去他的出国，去他的工程造价，老子要种田，老子要弹吉他。谁也别想推着我走过这一生。"他神情无助。

这是大学时期，我和王远的最后一次见面。后来，他发给我一张录取通知书的图片。我想，他只能去国外当农民了。

王远在美国一待就是两年，其间没回来过。

两年间，我偶尔会去看看老王，免得他寂寞。每次问起王远在美国生活得如何，老王摇摇头："他没和我联系过。"

我没接话，老王又补上一句："他过得好就行。"

3

我再一次见到王远，是两年后的事。他从美国回来后，在一家外企当项目经理。

　　王远没当上农民，也没当上工程师。可能这就是生活，计划永远赶不上变化。他成为项目经理，出乎老王的意料，但他能挣很多钱，在老王的预料之中。

　　为缓和王家父子俩的关系，一有时间，我就拉着王远往老王家跑。老王挺喜欢我去串门。他年近60，没什么爱好，平常独自待在家，哪儿也不去。

　　妻子去世得早，为照顾好王远，老王练就一手好厨艺。他做的腊排骨那是一绝。我每次去重庆餐馆吃饭，发现菜品的味道和老王做的不一样，就觉得那不是正宗的重庆菜。

　　有一次，老王做了腊排骨，叫我去吃。我懂他的意思，就拉上王远去蹭饭。

　　吃到一半，老王突然正色说："你们告诉我，什么是自由？"

　　我和王远一愣，面面相觑，认为这是陷阱。

　　"小胡，你先说。"

　　我赶紧清清嗓子，结果什么也说不出来。

　　老王转头问王远："你呢？"他还若无其事地夹起一块排骨，往王远碗里放。

　　"我选择自己要做的事，你干什么事情和我商量一下，这就是自由。"王远回答。

　　老王的脸阴沉下来，说："那你这两年，自由得还不够吗？"

　　"如果我有自由，现在怎么可能和你在这儿讨论什么是自由？"

　　老王一耳光打在王远脸上："那你现在去种田，去啊！我绝不拦你。"

　　王远把筷子一扔，说："独裁，迂腐，不可理喻。"说完他摔门走了。

　　"出去看看他。"老王打掉我的筷子。

我跟出去，看见王远坐在院子的花坛边吸烟。

"别生气，父子俩，关系何必闹得那么僵呢？再说老王做饭那么好吃，亏了什么也不能亏了这张嘴啊。"我安慰王远。

"你眼里除了吃，还能有点别的吗？"王远白了我一眼，"他所有决定都是想让我过得舒适安稳一点，但我就是忍不了他的做法。哪怕他能有一丁点和我商量的想法，我也能开心一点。"

"你既然明白，就没什么问题嘛，回去吧。"

"不了！"王远转身离开。

4

王家父子的冷战，持续了 1 年。

这场冷战，在 2017 年 9 月 28 日结束，因为老王去世了。他坐在沙发上，突发心肌梗死。那晚，王远回去拿文件，发现老王已经去世几个小时。

第二天，在殡仪馆，朋友们都来了。平日里我们穿得花里胡哨，那天清一色的一身黑，这可能是我们为了老王表现出的最后的默契。他把王远逼得那么优秀，给我们造成的困扰，我们不再计较了。

老王平静地躺在防腐柜里，照片上的他微笑着。相片前供着几炷香。王远跪在火盆前，目光呆滞，机械地往火盆里丢纸钱。

我们陪王远守灵 3 天。老王火化前，王远对着防腐柜说："别睡了，该起床了！"他哭了，眼泪砸落在地上。

老王下葬后，王远办了一场感谢宴，感谢所有前来悼念的亲朋好友。他面对一大桌菜，挤不出一丝笑容。可能即使摆在他面前的是满汉全席，也敌不过老王做的一碗腊排骨。

感谢宴晚上10点才结束。客人渐渐离去。王远抱着垃圾桶猛吐，还一个劲嘀咕着："他答应我，说国庆一放假就去医院复查。可为什么说走就走了呢？他提出的要求，我都完成了，他自己怎么却食言了呢？"

我们想扶他，听到这些话，又都止住动作。大家都哭了。

"我从没想过你会死。生活真残忍，过着过着我就失去你了。"

终于，王远哭累了，醉倒了。我们费了很大的劲，才把他送到附近的酒店。我担心王远出意外，留下来陪着。我半夜起来找水喝，看见他拿着一瓶啤酒站在阳台。

王远沉默片刻，突然说："听说人死以后，会变成天上的星星。可天上这么多星星，爸，你到底是哪一颗啊？"

我感觉心脏被一只无形的手揪住，眼泪像被摇过的汽水，不停往外冒。

"保重！"他对夜空说，声音很小，消逝在风中。

那晚以后，王远又消失了。

后来，王远给我发来一张照片，是在日喀则拍的。照片里他穿着黑色冲锋衣，脖子上围着一条白色哈达，左手放在心脏位置，抬头望着漫天繁星。

"怎么，不当农民了？"我调侃他。

许久之后，他才回我："我很想他！"

"这里是中国海拔最高的城市之一。在这里，每天晚上，我都感觉到，我离他很近。"

（摘自《读者》2022年第14期）

绝命崖上的"老愚公"

蒋 巍

在贵州，人生没有行走，只有攀登。

在遵义市播州区平正仡佬族乡草王坝村，一位老人与大山斗了一辈子。虽然这里名叫平正乡，但这里的耕地既不平也不正，零零碎碎，全都挂在陡峭的山坡上。

"石头娃"思变

黄大发，乳名石头娃，生于1935年。

草王坝村缺田、缺路，尤其缺水。在草王坝村，水比娘还亲。没水又缺田，村民生活之艰难可想而知。

1958年，23岁的石头娃被任命为草王坝生产大队队长，转年入了党。几年后，黄大发当了草王坝村党支部书记。现实迫使他深入思考，怎样才能让村民不再过穷日子？他首先想到的，就是草王坝村最缺的资源——水！

黄大发巡查水渠

水从哪儿来呢？黄大发蹬上草鞋在周边几座大山里转，期望能找到水源。功夫不负有心人，他终于发现了：隔着高高的太阳山和太阴山，后面一座大山上有一处岩洞，水流长年不断，老乡们都叫它螺蛳洞。螺蛳洞的水位比草王坝村高出许多，如果开一条渠把螺蛳洞的水引到村里，全村人的命运就彻底改变了，白花花的大米饭就能端上桌了！

黄大发召开社员大会征求意见。有人说，隔着3座大山，那是闹着玩的？给自己留条命吧。

黄大发黑着脸说："你的意思是，咱草王坝村的人命中注定就该渴死、饿死、穷死吗？谁愿意坐在家里等死？举手！"会场死一般地静。

黄大发的大舅子徐开福第一个站起来："我干！"又有几个党员站起来，喊道："我干！"

接着，会场传来一片吼声："支书说了咱就干，有水就能吃饱饭！"

1963年元旦过后，黄大发率领200多名村民，打着红旗，揣上洋芋和饭菜团子，喊着口号上山了。

"草头王"辞官

高山上的冬天很冷。在水源地垒蓄水池，山水冷得渗进骨头缝，不消三五分钟，腿脚就麻木了。黄大发说："你们没结婚的万一冻坏了，生不了娃娃，我可负不起责任。这样吧，有了老婆孩子的，跟着我轮班上！"说着，他第一个跳进冰水里。为加快进度，他们干脆不下山了。夜晚住进附近的山洞，裹件破棉衣就睡。蓄水池修起来了，黄大发指挥大家用绳子在山坡上比量着，画一条直线，然后一字排开，一手执钎，一手拿锤，叮叮当当敲响了大山，从日出敲到日落。春节后，他们硬是在石壁上连凿带砌，开出 3 公里长的石渠。可渠沿的石块咋固定和勾缝呢？他们用的是土办法：石灰加泥巴。

春节后突然下了几场大雨，山洪像海浪一样冲下来，石渠被冲得散了架，乱石七零八落滚满山坡。全村人目瞪口呆，心都碎了。黄大发眼睛血红，大吼一声："重来！"女人们也急了，纷纷跟着汉子上了山。

公社领导对黄大发组织这样一项浩大的水利工程有些半信半疑。但到现场一看，新的石渠正在一米米向前延伸，原来的石渠被山洪冲毁后他们也没泄气，从头来，继续干！公社领导被感动了，决定砍掉一半办公经费，支援他们 8000 元作为工费。

修渠要通过一段 170 米长的叫"擦耳岩"的地方，那是石壁陡立成90 度甚至凸出来的悬崖，人走过去必须身子向悬崖一侧倾斜，耳朵擦着山岩，但凡脚下一滑，人就栽进万丈深渊了。在黄大发的指挥下，村民们用绳子拦腰系紧，让人从高崖上把自己吊在半山腰，一手锤子一手钎，一块一块地往下凿。凿出一个小平台，可以站脚了，再用打磨成长方形的石头砌成沟渠。他们就这样一步一步地往前凿、往前挪、往前绕，绕过一个个寒冬酷暑。

为此，黄大发付出惨痛的代价。有一次他和村民们半个月没下山，7岁的女儿患了重感冒，村里没有壮实男人，女儿未能及时被送往县医院，数天后不幸病亡。这事让黄大发痛心了一辈子。

草王坝人记不清自己流了多少泪，淌了多少汗，投了多少工。历时整整13年，年轻人成了壮年人，孩子成了劳力，姑娘成了孩子妈，全村人眼看着一条海拔近千米、长10万米的石渠像一条长龙，穿云破雾绕山而来，终于抵达草王坝村！1976年，举行通水仪式那天，锣鼓、鞭炮、酒宴都备齐了。全村老百姓喜笑颜开，齐齐挤在渠道边，就等着清爽爽的渠水顺山而来。可久等水不来，再等还是不来。这时，只见村民王正明一脸沮丧，满头大汗地跑来："不行啊，水下不来！"

黄大发顿感五雷轰顶。他不信，命令徐开福再去看。徐开福跑回来时腿已经软了："确实！渠道的坡度太缓了，而且水量越来越小，在太阴山那儿就顺着石缝流没了。"说罢，他放声大哭，全村人都傻眼了，个个像石柱一样愣在那儿。13年啊，全村人不能照顾老人和孩子，过着拼死拼活的日子，就这么一滴水没见，完了？

村民们失望至极，但他们理解黄大发领着大家拼命干是出于公心和好心，没人当面指责他。

黄大发在家里闷了好几天，愧疚和压力像尖锐的山石日夜刺痛着他。思来想去，他觉得自己必须负起这个责任，于是决定主动辞职。

"大发渠"上天

不管怎样，黄大发是一个没私心、敢担当的人，全村再也找不出这样的领头人。一年后，在乡亲们的呼吁下，黄大发官复原职。在村民大会上，他主动做了检讨："这么大的工程，没技术人员把关，没有准确测量，不是胡干吗？我对不起乡亲们……"

"检讨有啥用？你就说那条渠怎么办吧？"村民在底下喊。

"我们不会白干！"黄大发坚定地说，"3座大山都绕过来了，基础也打好了，下一步就是改造。我相信，草王坝村的村民一定会喝上天渠的水，一定能引水灌田，吃饱饭！"黄大发的话，又一次让村民们热血沸腾，看到希望。

就在这时，一个年轻人——24岁的黄著文出现了。大学毕业后，他被分配到遵义市遵义县（现播州区）水利局工作。他和两位同事步行两天，到草王坝村所在的野彪公社检查水利工程。黄大发听说县上来了几个水利技术员，便急匆匆找上门说："我们草王坝村用13年时间修了条水渠，修成了，水却过不来，能不能请你们到我们村看看是咋回事？"

通过现场考察，黄著文和同事们得出结论，这条渠的毛病在于：第一，水渠的位置太高，落差不大，流量又小，水的推力自然不够，很难流到草王坝村；第二，这一带都是风化形成的沙壤土，渗水严重，因此修渠必须用水泥勾缝以防渗；第三，用石灰和黄泥抹缝，天一旱泥巴开裂，有多少水都渗出去了。

黄大发听得直搔脑袋，他眼巴巴地瞅着黄著文问："那你看这条渠还有没有救啊？能不能帮我们想个办法？"

与黄著文同行的两位同事都是县上的"老水利"，摇摇头说："重新改造起码要花几十万，县上肯定没这个能力。"

黄大发一脸沮丧，几乎要哭了。

黄大发巡查水渠

一年又一年，不死心的黄大发到公社和县上跑了无数次，希望改造水渠，都因为县财政拿不出资金失败而归。没事的时候，黄大发常常跑到山上，沿着那条渠走走，把石缝里长出的草拔掉，再用手摸摸那些石头，仿佛仍能感受到当年流下的血汗和留下的温度。

岁月漫漫，从1976年通水失败到1989年，又一个13年过去了。

这一年，50多岁的黄大发听说县上要办一个水利技术学习班，为期3年，半脱产，他立马通过电话报了名。一个两鬓斑白的小老头儿就这样坐到课堂上，成了水利班上最勤奋的学生。

黄大发越学越明白，越明白心里越着急。1990年腊月的一天夜里，黄大发东打听西打听，一头闯进黄著文的家。这时黄著文已经是县水利局的副局长。老支书说："你当局长了，我也老了，现在我们草王坝村的那条渠还荒废着，要是在我死前还通不上水，我闭不上眼啊！"

黄著文为难地说："县财政每年给水利局的资金只有20来万，就是全给你们也不够。"黄大发却乐呵呵地说："你不知道，我最近又干了一件大事！"

"啥事？"

"我又把村民们动员起来了！他们不讲价出义工，在外打工的也同意回来。县里能给多少就给多少，把水泥买上就行。关键是你们的技术员要上去，给我们提供技术保证！"

黄著文的眼睛湿润了。

第二天，水利局召开局长办公会，黄著文提出草王坝村被闲置的水渠问题。草王坝村的水渠改造工程至少需要30万元，大大超过县上全年的水利预算。但黄著文恳切地说，草王坝村的事情无论如何都要扶一把，他们从1963年动手，自力更生，干了整整13年。可惜因为技术问题没处理好，水没通上。到现在已经过去近30年了，那里的乡亲决心再次启动，宁可砸锅卖铁也要把水渠修成。

樊运达局长当场拍板："好！我们先派人把测量和设计搞起来，动工后在技术上严格把关，经费不够的问题以后再说。"

对草王坝村而言，这个决定是历史性的转折点，意味着螺蛳洞引水工程从此被列入县重点水利工程。1992 年，工程正式启动，黄著文派局里的技术员黄文斗到现场指导监督，另外还有 5 名技术人员先后参与工程建设。

1992 年春节后的一天，天还没亮，200 多名村民在黄大发的带领下，背着背篓，带上工具，举着火把再次上山。螺蛳洞引水工程在沉寂了 10 多年之后，终于又震响了茫茫群山。

这次修渠，同样因为村里没有年轻人，黄大发的第二个女儿、23 岁的彩彩又因急症来不及被送往医院而不幸去世。一年后，黄大发 13 岁的大孙子又因患急性脑膜炎猝然离世。为了开山凿渠，为了全村人的梦想，黄大发一次次白发人送黑发人，这是怎样惨重的代价啊！但他擦干眼泪，依然坚挺在山上。第二次挥师大战 170 米长的绝命崖——擦耳岩，年近六旬的黄大发依然把自己吊在长长的绳子上，足登石壁，一锤又一锤地敲击着手中的钢钎。年轻时他是石头娃，年老成了"老愚公"。

1995 年端午节，历史性的一刻到了，螺蛳洞引水工程终于通水了！这是一道通天长渠，清爽爽的泉水顺着绕山而修的长渠一泻而下，翻腾着雪白的浪花，穿越整整 32 年的苦斗与周折，扑进草王坝村，扑向一块块绿油油的耕田，扑进家家户户的梦想……

这一年，黄大发正好 60 岁。

天渠通水了，黄大发也从村党支部书记的位置上退下来了。这以后，"老愚公"给自己规定的任务，就是每天提着镰刀上山巡查水渠，把水渠里的落叶和碎石清理干净，把渠边的野草拔一拔。迄今又是 26 年过去了，从开工到现在，86 岁的老人家沿着水渠走了多少圈，他没算过，也没法算。

问渠哪得清如许？为有初心闯山来。反正地球就这么大，再长的路也长不过脚步。

后来，草王坝村改名为团结村，这是全体村民一致同意的。

（摘自《读者》2021 年第 19 期）

当妈妈开始加速衰老

尹海月

过去两年多，张浏浏目睹了妈妈身体的坍塌：她先是上肢无力，不能抬重物，然后连头绳都扎不上。她走路的速度越来越慢，再后来，无法独立起卧、行走，话也说不清了。

起初，家人们都以为她的身体乏力源于过度劳累，直到 2020 年 4 月，妈妈被确诊为渐冻症。在此之前，张浏浏对这个病了解不多。妈妈确诊后，他才知道，那意味着，未来 3 到 5 年内，妈妈的身体会一点点被"冻住"，直到"只能眨一眨眼睛"，最后，因为呼吸衰竭而亡。那一年，妈妈张玉红还不到 50 岁。

这个在南京林业大学读大三的年轻人意识到，和妈妈的"每一次分离都可能成为永别"。

2021 年年末，张浏浏把记录妈妈生活和他在校生活的视频素材，剪成一条视频。视频时长 8 分 20 秒——8 月 20 日是妈妈的农历生日。

视频在哔哩哔哩网站的播放量高达 150 多万，5000 多人留言。人们从这个视频中解读出"勇气、希望、乐观、英雄主义"，并在屏幕下方，分享自己的故事。张浏浏几乎给每一条评论点赞，还给一名网友留言："生命宝贵，不能浪费。"

1

张浏浏放寒假，回到江苏盐城的家。白天，护工照顾妈妈，晚上 6 点开始，他的时间属于妈妈。先是喂妈妈吃饭，因为妈妈咀嚼功能退化，吃一顿饭要三四十分钟，他中途要热三四次饭。吃完饭，妈妈嘴里有碎屑，他用牙刷清理后，再帮她漱口。

饭后，他和爸爸抱着妈妈去上厕所，喂妈妈喝中药，帮她清理口中的痰。之后，每隔十几分钟，他就要把妈妈拉起来，扶着她在屋里走动。

晚上 9 点，是按摩时间。通常需要按二三十分钟，然后，他打开电热毯，调好温度，把妈妈抱上床，帮她调整好睡姿，都忙完，已经到晚上 10 点。

张浏浏在两年内，看着妈妈一步步变成现在的样子。2020 年 1 月，他放寒假，妈妈来火车站接他，脸上挂着笑容，看起来和正常人没什么不同。

后来，他才意识到，那是妈妈第一次接上大学的他回家，也是最后一次。

征兆是从 2019 年夏天显现的。张浏浏的小姨注意到，姐姐总说没劲，炒菜时手抬不起来，切菜也很慢。

2020 年年初，张浏浏回家后，发现妈妈总是无力，手臂抬不起来，没法扎辫子，有时候骑电动车，车一晃动，人就摔跤。起初，张玉红以为是颈椎病，去盐城一家三甲医院看病，没什么问题。

2020 年 4 月，见症状没有好转，张浏浏陪妈妈去上海一家医院看病，查出来是渐冻症。母子俩都不相信，又挂了一次"专家特需"，结果还是渐冻症。

随着时间推移，妈妈开始不能做饭、洗衣服，说话也吐字不清。受新冠肺炎疫情影响，张浏浏半年多没有去学校，一边在家上网课，一边陪伴妈妈。

那段时间，家里没有找护工，爸爸很少回家，他全天照顾妈妈，每天给妈妈熬两次中药，熬一次需要两三个小时，每隔二三十分钟查看一次。

为了延缓身体的萎缩，张浏浏经常给妈妈按摩。妈妈生病前，自学会计，给银行做账。生病后，妈妈无法敲键盘，张浏浏不上网课时，就在妈妈指导下做表格。

张浏浏说，那段时间很辛苦。一年下来，他瘦了 16 斤，头上冒出很多白头发。

疾病不仅夺去了妈妈的健康，也剥夺了他社交、娱乐的时间。

妈妈几乎成了他的全部，而在这之前，他是妈妈的全部。张浏浏说，这些年，妈妈几乎没有自己的生活，平时不是在学习，就是在家里打扫卫生，不看电视剧、不刷抖音，也不买护肤品，很少添置新衣服。

她唯一的爱好是看书，大多是教育类的。以前每年过生日，妈妈送给他的礼物都是书，还有新华书店的储值卡。莫言获得诺贝尔文学奖那一年，妈妈买了一本《蛙》送给他，实际上，妈妈不了解莫言，"她的爱有时候很笨拙"。

张浏浏很少和朋友谈及妈妈的病情，他认为倾诉无法解决问题。有时候在家烦闷，他晚上打一两个小时游戏排解，或者吹十几分钟口琴，陪妈妈练习走路时，放一会儿钢琴曲。

他很少看到妈妈脆弱的一面。他去上学后，外婆照顾妈妈。有一次，家人吃饭，张玉红吃着吃着掉泪了，说大家都好好的，就她还需要人照顾。

2

张浏浏形容当时看到妈妈的感受，"一下子有了紧迫感和失去感"。

他再次当起了妈妈的护工，"心态比以往更加积极"。扶妈妈走路时，他和妈妈面对面，让她的双手搭在自己的腰上，她向前走一步，他往后退一步，走 1 米需要 1 分钟。

时间长了，他熟悉妈妈的行为语言：眼神一瞥，是想喝水；坐着时摇头，是想起来活动活动。

一天晚上，他扶着妈妈从客厅走到卧室，卧室里没有开灯，暗暗的。两人坐在床边休息，看到对面楼人家的客厅亮堂堂的，一家四口都在家里。妈妈盯着对面看，还说："你看，女儿放假回来了。小的那个在地上到处跑。真好啊。"她说完，又盯着窗户外面看了很久，脸上透露出羡慕和向往。

这一幕，被张浏浏看在了眼里。他没说话，也盯着对面看，越看越觉得难过，想到妈妈"善良美好"，却患上重病，再也无法获得这样简单的幸福，"窗户两侧是两个世界"。

那个冬天，他真正感受到渐冻症的残酷。"妈妈一个月就变一个样子，今天你发现她好像不能走了，过一阵子你发现她必须卧床了，再过一阵子，你就发现她呼吸都困难了。"

影像是他留住妈妈的方式。早在妈妈确诊时，他就开始记录，第一个视频是妈妈叫他起床，看到妈妈摇摆着胳膊，活动身体，他觉得很可爱，拍了下来。他也拍妈妈在窗户边晒太阳、吃烧饼，都是"快乐和有意义的时刻"。

在所有和妈妈做的事情里，他觉得最浪漫的，是把妈妈抱到窗户边的椅子上，陪她看窗外的蓝天和白云。

想到没有和妈妈外出旅游过，他觉得遗憾，在微博写下，"想把世界带到你面前"。每去一个地方考试，他都和妈妈分享见了哪些朋友，他们过着怎样的生活。

回学校后，他考雅思、英语六级、计算机二级。每次考试，他都把考点定在其他城市，"体验不同城市的风土人情"。他去了武汉、长沙、重庆、苏州，最长的一次旅途，坐了25小时的绿皮火车。

2021年10月，张浏浏回家给妈妈过生日，买了一个生日蛋糕，上面写着"全世界最好的妈妈"，那时，妈妈连蜡烛都吹不动了。10月末，他在学校图书馆学习，给妈妈发拥抱的表情，妈妈回复给他一个拥抱。一个星期后，他才知道，那是妈妈用一只手的关节敲出来的，是她自己能发出的最后一条信息。

3

2021年年末，在朋友的鼓励下，张浏浏决定创作一条视频，纪念21岁。他想过视频里不出现妈妈，但后来觉得，"这才是我真实且完整的21岁"。

视频里的妈妈总在笑。他说，妈妈生病后，他每天只做一件事，"让她开开心心度过每一天"。他把考证、旅游、和妈妈相处的点滴时刻都剪到视频里，配上欢快的音乐。

剪完后，他没发给妈妈看，"怕妈妈看到后伤心，自己在学校，没办法安慰她"。几天后，视频上了热搜，亲戚们看到后转给妈妈，妈妈才看到。

视频发布后，很多人跟他分享自己的经历，说被他的生活态度打动，"一起加油"的弹幕占据了屏幕。

妈妈生病后，家里积蓄渐渐被掏空，要靠亲戚帮衬，有网友私信张浏浏，想给他捐款，张浏浏婉拒，"不能随便接受别人的东西"。他还谢绝了一家公司主动提供的职位，准备考研，并为此去电视台实习，导演话剧。

他想拍一部介绍渐冻症的电影，让更多人了解渐冻症患者这个群体。还有一个梦想是，拍一部电影，把妈妈的故事讲给更多人听。

很多人问他，是什么支撑他走过这两年。他总说，是妈妈的爱。以前，他在盐城读私立高中，妈妈专门去陪读。那段时间，妈妈没有工作，白天在学校做清洁工，晚上自学会计，后来才开始给银行做账。

每天晚上，他放学回家，桌上都摆好饭菜。有一次，妈妈的右手出现腱鞘囊肿，还要操持家务，张浏浏很心疼，但妈妈坚持用左手给他做晚饭。

妈妈从来没有让他感觉到压力。读高中时，他有段时间无法适应学校生活，回到家，情绪低落。妈妈用写字条的方式和他交流。

他一直在和时间赛跑，让妈妈在身体被完全冻住之前，感受更多的快乐。视频发布后，一个摄影博主说，想给他的妈妈拍一套写真。他立即联系那个博主，商量着，通过搭配妈妈的衣服，给她拍20岁到70岁的样子，让她提前体验人生的每个阶段，"至少60岁，她肯定到不了了"。

他还在给妈妈制造惊喜。1月23日晚上，他听到邻居放烟花，也去超市买了一束烟花，在对着妈妈窗外的楼梯台阶上点燃，烟花蹿出的火苗溅到屋里，外婆和妈妈都笑出了声。他把妈妈房间里的灯换成颜色更暖更亮的，"让妈妈在房间里心情好"。

他们在抓紧时间表达对彼此的爱。2021年寒假开学前两天，他喂妈妈吃中药，妈妈喝了两口药，说要写信给他，让他用手机记下来。

母子俩用了二三十分钟才完成那封口述信，起初只有16条，后来他每次回家，妈妈都让他念一遍，又增加到19条。信里是一个母亲能想到的所有内容，从"不能熬夜、赌博、喝酒"的叮嘱到"做人要诚实、守信，人品第一"的告诫，她还嘱咐儿子，将来成家后，"要把教育放在首位，把小孩培养成功了比有钱好"。

第一条是，"妈妈很爱你"。在此之前，爱不是他们生活中常见的词语，但妈妈生病后，坐着没事，就对他说"我爱你"。后来，他们总是说"我爱你"，在吃饭时，睡觉前，聊天时。他记录的很多条视频都以"我爱你"结尾。

张浏浏明白，妈妈说这几个字，是害怕"有一天说不出来了"。他笑着跟妈妈说："我也爱你呀。"

（摘自《读者》2022年第8期）

那么恨，其实就是那么爱

南在南方

产房犹如子宫，温暖、动荡。虽然想象了很多困难，可等到临盆时，她才明白什么是生死悬于一线。

疼痛开始如同摇摆的线，接下来像织帛——不是织布，那种帛那样光滑——然后如同裂帛，华丽的声音让她大脑一片空白，可她分明听见自己喊了一声妈，接着就像一种彻底交代，一声啼哭缝合了刚刚破裂的世界……"妈！"20年来，她第一次情不自禁地喊了出来。而在此之前，她恨那个她叫妈的女人，正是这个女人在电话里嘱咐她选择剖宫产，说顺产受罪。她想，不就是生个孩子吗？她偏不按母亲说的来。

奇怪的是，就在女儿呱呱坠地之前，那么坚硬的恨突然柔软起来，在女儿第一声啼哭响起时，她忽然泪流满面，她也成了妈。就在那一刻，她知道，原来自己和母亲在内心深处从来没有远离过。

她拨电话，接通时大喊一声："妈！"电话那头分明有些迟疑，片刻，那个熟悉的声音传过来："二姑娘？"她说："你当外婆了，10分钟之前，我生了个女儿。"母亲忽然哭了起来，哭声越来越大，说："二姑娘当妈了，当妈了……"突然涌上来的亲情冲撞着喉咙，让她说不出话来，母亲一个劲儿地哭，于是，她默默挂了电话。

她深深地叹了一口气，因为遥远的母亲，在秦岭之南。此时，她在乌鲁木齐。

她突然想起来，此时这里还是傍晚，老家已经夜深了，隔了两个时区呢。她想，这一夜母亲也会不眠……

那年春天父亲去世之后，生活眼看着变得捉襟见肘，母亲咬着牙说："只要我有一口气，就要让你们念书。"

话虽这样说，可日子总得一天天过。

远在新疆的伯父写信来，说别的忙也帮不上，但可以帮着养个丫头，这就意味着她们姐妹仨之中有一个得离开。母亲立刻同意了。那年姐姐10岁，她8岁，妹妹6岁，排起来像个等差数列，家里还有多病的爷爷奶奶。重担原来还有父亲扛着，现在全落在母亲肩上。

伯父的那封信在家里起了作用，她们姐妹仨忽然都格外勤快起来，一个比一个乖巧。从小，她就是个敏感的女孩儿，她想自己被送走的概率只有三分之一。可她没有想到，那年暑假伯父回来后，她成了要被带走的人选。她大哭，她之所以表现得这么好，是因为她压根儿不想去城里，她要留在母亲身边……姐姐悄悄问母亲能不能代替她去，母亲坚决说不，那一刻她觉得自己被遗弃了。她哭哑了嗓子，恳求母亲，当然没有任何效果。她开始恨母亲，她想装出兴高采烈的样子，可跟着伯父走的那天，她哭得死去活来。

从陕南坐汽车到西安，再从西安坐火车到乌鲁木齐，坐了整整 3 天，她的眼泪就没停过。她一直在想：以后要是回家，怎么找得到路啊？

她一直记得走出乌鲁木齐车站时，她抬头看了一眼天，阳光那么强，她打了一个大大的饱嗝……

在乌鲁木齐待了一个冬天之后，她接受了现实，偷着跑回家是不可能的，虽然老家的地址她烂熟于心。

于是，她安心地待在伯父家，一旦情绪稳定下来，她就是一个好姑娘。老家的山水人物慢慢隐去，隐在心里，她恨，恨母亲狠心遗弃了她。

伯父隔一段时间会写一封信寄回老家，常常是姐姐回信，内容基本一样，只说家里都好。有一回，伯父要她给家里写信，她试着写"我挺好的"，写完之后，她撕了，她不想让母亲看到她写的字。

13 岁那年暑假，伯父带着她回了一趟老家。那么想回家，回到家她却摆出一副冰冷的样子。因为她看见家里多了一个男人，母亲让她管那人叫爸。她咬着牙，不肯说一个字。

她喝不惯家里的水，因为开水瓶里闪着油花。于是，母亲把锅和开水瓶洗了又洗。她想一个人睡，要干净的床单，于是母亲给她腾了一张床。

她的心是滚烫的，却包着坚硬的壳子。离开那天，她是蹦蹦跳跳走的，从回家到离开，她没有叫过一声妈。

只是，她默默地把平时省下来的零用钱放在母亲的枕头下，把那双新袜子放在妹妹的枕头下，把那支心爱的钢笔放在姐姐的抽屉里。

后来姐姐给她写信说，母亲哭了一场，重复着一句话："等二姑娘长大了就会晓得的……"后来，她上高中那年又回去一次。那一次，她安静了许多，母亲头上已经夹杂了白发，她也想喊一声妈，可嘴巴像生锈了一样。不过那一次她肯叫继父一声叔叔。那年姐姐考上了师范学校，母亲高兴坏了，因为家里终于有一个"公家人"了。

后来，老家有人来天山淘金，母亲请那人带了几块腊肉过来，捎话让她考上大学后回去一趟……她回去了。母亲把整整一万块钱交给她，却不肯多说什么，只说："给你准备的学费。"

再后来，家里装了电话，日子越来越好了，只是母亲越来越老了。母亲实现了她的目标，她的三个女儿都成了"公家人"。

她问母亲："为什么当初不要我了？"母亲说："等你当了妈，你就晓得了。"

这些年她想了很多办法来理解母亲，可好像都没用。她还是恨，恨母亲强硬地改变了她的生活方向……就在此时，她当了妈，她很想念母亲，但怎么想，也不具体。

第 2 天傍晚，母亲出现在病房门口那一刻，她以为自己在做梦。跟在母亲后面的还有姐姐和妹妹。她一下子蒙了，只一个劲儿地哭。母亲伸着粗糙的手抹她的眼泪，直说："坐月子，不敢哭啊……"原来母亲昨天夜里就出发了，让住在县城的姐姐和妹妹找车回来拉她，清晨就直奔西安，母亲实在忍不住，第一回大方地说："咱们飞过去。"她迫不及待地问母亲："当年你为什么不要我了？"母亲安静地说："没能生个儿子，我在老家常受白眼。你爸劝我，只要 3 个姑娘好好念书都成器，也是一样的。他死了，这事我得办。让你跟着伯父走，是因为你抓周时，一把抓了围裙，你姐抓的是毛笔，你妹抓的是算盘，别人说这是命中注定的。我心里打起了小九九，这老大老小抓的都是'公家人'弄的事情，只有你抓个围裙，这不是锅前灶后的事情嘛。我就想，让你到城里去，城里台子高啊，说不定也会成器。"她眼里含着泪问："就因为这个？"

母亲说："还有一件事咧。有一回下雨，我让你们在道场的地上画以后弄啥，你姐画了带十字的药箱，你妹画了一台电视机，你画了一把伞。那时咱家墙上贴了一张画，《毛主席去安源》，毛主席手里就拿着一把伞嘛。我又在心里打起小九九，莫不是你要成大人物？既然这样，那就让你到城里去，城里台子高嘛……"她隐隐记得，她画那把雨伞，是因为她不喜欢家里的破草帽，可是家里没钱买伞。

接下来的两天，母亲一直陪着她，总有话说，总说不完。她忽然明白，那么恨，其实就是那么爱。

第3天，回到自己家，她给母亲接好泡澡水，然后掩上浴室门。她听见母亲轻轻叫了一声，她打开门，母亲忽然羞涩地抱住双臂——曾经丰满的母亲，已经干瘪。

她说："妈，怎么了？"母亲说："我头一回用这么一大缸好水，舍不得。"她说："那就住在这里，天天洗。"母亲说："得回去，家里还有个老头子。"

她再一次落泪，母亲就像一棵水仙，努力地开，开出三朵花。她努力供给养分，等花开美了，剩下的才是自己，那么瘦弱干枯，甚至衰朽。

（摘自《读者》2022年第6期）

藏在闲话里的"我爱你"

甘　北

1

20世纪90年代初，电话还没有普及。那时人们打每一通电话，都要经过深思熟虑。每天攒一两句想说的话，攒够一个月，挑一个手头阔绰的下午，去小卖铺或者有电话的朋友家，赶集似的掐着点儿在59秒内把重点讲完。

直到现在，我还时常记起爸爸给远在老家的奶奶打电话时的样子，他们总是讲着雷同的话题："在外很好，不用牵挂。""发工资了，给您邮生活费。""家里的稻谷，长得好吗？"

"家里的稻谷，长得好吗？"或许，这就是一个远在他乡的游子，对母亲诉说思念的一种方式。

在我的记忆中，爸爸和奶奶从未说过煽情的话。那个年代的人，似乎天生不懂得抒情，他们的话题永远局限在事务性的汇报上：发工资了没，发了多少；给家里邮钱没，邮了多少……更何况，奶奶并不是一个善于表达的人。一个中年丧夫的女人，独自抚养 4 个幼子，生活早就把她的情感磨得粗粝，哪儿还有那么多精力来表达爱。她最在乎的，是怎样让她的孩子们活下去。

孩子们为了讨生活，早早地出远门打工。岁月的严苛，同样赋予他们一张不苟言笑的脸。从小到大，我都畏惧爸爸——他永远对我有着极高的要求。别的孩子还穿着开裆裤踢毽子，我就被他拎到房间，抄写一页页密密麻麻的生字。直到抄得手腕都酸了，才勉强得到爸爸的肯定："今天还不错。"随即他挥了挥那双满是老茧和倒刺的手，说："别怪爸爸心狠，你若现在不努力，以后多的是苦吃……"

那时我还太小，既不明白那句"家里的稻谷，长得好吗"，也不明白这句"别怪爸爸心狠"。人生在世的不得已，以及世间最深厚的父女之情，我通通一无所知。

2

多年后，爸爸的通话对象从奶奶变成了我。

那时奶奶已经去世，我如愿考上大学。2008 年，去广州上学的前一个晚上，爸爸很郑重地送了我一部手机，让我把电话号码存到他的通讯录里。

那是我第一次离家。9 月，傍晚的广州雷雨大作，寝室里只有我和一个潮汕姑娘。潮汕姑娘家来了很多人——爸爸、妈妈，乃至叔伯表亲，他们不惜长途跋涉也要送她上学。所以她不是很理解，为什么我只是接了个电话就会哭得难以自抑——我听见爸爸在那头说："是爸爸不好，没能送你去上学……"

因为家庭条件所限，爸爸不得不忙于生计，即便是我上大学这样的大事，他也没法抽出空来。我是一个人南下的，扛着一个大大的行李箱，还有一大桶生活用品。

爸爸一直在电话那头道歉："你一上车，我和你妈妈就后悔了，再怎么难，都该送你去学校的……"说着说着，一向强硬的爸爸，竟也哽咽了。

直到那一刻，我才读懂了爸爸的柔软和深情。他从未说过爱我，但无时无刻不在用自己的方式爱我。那些在房间里抄书，抄到眼泪吧嗒吧嗒掉在纸上的夜晚，他多想抱住他的女儿，告诉她不必那么辛苦。可是他不能说，他一旦说了，他的妮子往后要吃的苦，就数不尽了。

他下过矿井，做过石匠，扛过麻包袋，咬着牙、拼了命才支撑起一个家，勉强供孩子上学读书……这种苦，他吃过一次，还要让孩子再吃一次吗？

那个夜晚，爸爸担心我一个人害怕，便一直不肯挂断电话，他跟我闲聊了很久：学校大吗，寝室有热水吗，同学们热情吗，饭堂的菜好吃吗……没有一句话提到"爱"，但很庆幸，18 岁那一年，我终于读懂了这些质朴语句背后的每一个"爱"字。

我还在那个夜晚没来由地想起了奶奶。她的孩子们从十来岁开始，就跨越几百公里从湖南去广东打工，当她目睹孩子们背着行囊走远，是否也怀着和爸爸对我一样的内疚："再怎么难，都该去送送你的……"

于是，我竭力从记忆的碎片中寻找更多蛛丝马迹，终于记起一个被忽略的细节——那时，奶奶家是没有电话的。她和爸爸约定，爸爸每个月在固定时间给村头的小卖铺打电话，到了那一天，奶奶便放下手中的农活儿，早早地去电话边守着。

那么多年，风吹日晒，奶奶竟从未失约——她未曾说过一句关于思念的话，但她十年如一日地在等一通电话，一通来自她小儿子的电话。

3

"家里的稻谷，长得好吗？"多年以后，这句话所蕴藏的饱满情绪，才渐次在我面前释放、舒展。

因为我也成了一个在外打拼的孩子。我给爸妈的电话里，报的永远是平安和如意。"我毕业了。""我找到工作了。""我发工资了。""领导们都对我很好，生活上也没什么难事。"……直到最后，我才长舒一口气问道："爸妈，你们身体好吗？"所有的牵挂，悉数藏在这样一句云淡风轻的问候中。我们都学会了成年人的"点到为止"，把想念和祝福浅浅埋藏起来。

2010 年，我第一次失恋，刚想故作坚强，就被妈妈听出了端倪，她在电话那头着急地说："你别哭呀，要不妈妈现在坐车去陪你……"

2012 年，我第一次带男友回家，爸妈兴奋地直问："他喜欢吃什么，红烧肉行吗？排骨呢？还要准备些什么？"

2015 年，领结婚证那天，我在民政局门口给家里打电话，爸妈在电话那头说不出是欣喜还是失落，只是喃喃自语似的："就这样……这就嫁出去了吗？"

2016 年，我的孩子出生那天，报喜的电话刚刚接通，我还没来得及开口，就听到爸爸嚷嚷起来："生了吗？你怎么样？疼不疼？"人生的所有悲欢喜乐，都藏在几句简短的问候中。

　　你要经历许多岁月的洗礼，才可窥得爱的密码，剥开表面朴实无华的装饰，看穿那底下深藏的、热辣滚烫的思念和爱。

（摘自《读者》2023 年第 5 期）

红薯粉条

李　若

　　12岁那年秋天的一个傍晚，我和小伙伴正在踢毽子，父亲走过来对我说，南山岗地里的灯笼果熟了，问我要不要吃，要吃的话跟他一起去。我一听，有野果吃，当然去啊。于是，父亲挑着两个箩筐在前面走，我乐呵呵地跟在后面。

　　地里只有一株灯笼果，熟透的果子掉在地上，我忙不迭地捡起来，大概有十多颗。撕开包着的黄色皮，里面是圆溜溜像宝石一样晶莹透亮的果子，味道又香又甜。父亲对我说："你吃完果子，要把红薯捡到一起。"我一看地里横七竖八躺着的红薯，就蹲在地上收拾起来。

　　我和父亲装了满满两箩筐红薯，父亲弯腰挑起箩筐，走时对我说："你在这儿等着，我送完这一趟，我们再一块儿回去。"我答应了。

　　不知不觉天已黑了，我捡完红薯，父亲还没有来。是啊，从地里到家来回差不多 1 公里路，回家还要把箩筐里的红薯一个个小心地拿出来，避免碰破了皮。要是皮破了，红薯很快就会腐烂，那就打不出粉来，没有粉就做不了粉条。

天已经完全黑了，四周一片黑黢黢的，树林里不时地传出不知名的鸟儿的叫声。这个南山岗从前是一个乱葬岗子。我旁边不远处是一个池塘，我想起奶奶给我讲的水鬼的故事，越想越害怕，索性像鸵鸟一样顾头不顾腚，一头钻进红薯藤堆里，两条腿使劲蹬，想要往里钻得更深一些。

父亲来的时候没看到我，大声呼喊着我的名字。我再也忍不住，"哇"的一声哭出来。父亲拉着我的两条腿，把我从红薯藤堆里拽出来，用粗糙的手替我擦去眼泪。

收完红薯，我们就要抓紧时间提取淀粉，不然天气越来越冷，红薯会烂得很快。提取红薯淀粉的第一步是先把红薯用水冲洗干净，再将其用石磨磨碎。大一点儿的红薯还要用刀剁成小块儿，不然会卡在磨眼里。磨出来的淀粉和渣是混在一起的，父亲要用滤布把渣分离出来。滤布的四个角绑在一个架子上，父亲的两只手要一左一右有节奏地摇晃。一天摇下来，父亲就腰酸背疼，两腿僵硬。

父亲把流出来的白浆水倒进缸里，再用一根木棒子在缸里不停地搅拌，目的是让泥沙沉淀在缸底。第 2 天，滗去上面的清水，下面白色的就是淀粉了。白白净净的淀粉看起来像玉石一样，纯洁无瑕。取淀粉时用贝壳削去下面的泥沙，让粉在太阳下晒十来天，等粉完全干透就可以漏粉了。晒粉时会有树叶和小虫落进去，要挑拣出来。漏好的粉条是透明的，里面有一点儿杂质都看得见，粉条是入口的东西，当然要讲究卫生。

那几天，父亲天天用收音机收听天气预报，说要挑个好天时漏粉。在晒粉的过程中，他要准备漏粉的东西。他提前劈好一堆木材，因为要烧一大锅开水煮粉。在漏粉时，下面要不停地烧火，不能让锅里的水温降下来，要不粉条就熟不了。另外还要准备一口大缸，用来冷却粉条。光挑水注满这一口锅和一口缸，就要花一上午的时间。

漏粉那天，全家大小齐上阵。连弟弟都要在灶前烧火，以保证大锅里的水永远是沸腾的状态。母亲还要准备一个和面的大盆，把红薯粉倒进盆里和成大粉团。父亲把葫芦瓢底钻几个眼做成漏粉器，一只手端着瓢，另一只手一下一下地击打着瓢里的粉团。粉条从瓢眼里钻出来，不疾不徐地垂落到锅里。不一会儿，在锅里烫熟的粉条就漂起来了。这时，早已等候多时的母亲用长筷子把它们夹起来，再用另一只手接住。母亲连续夹几次，手里就捏着一大把粉条。开水锅边温度很高，同时因为手里的粉条很烫，不一会儿母亲就满头大汗。把烫手的粉条放进水缸里冷却，最后再捞起来搭在木杆上，漏粉的过程才算完成了。

那天，我们一家忙到鸡叫，才漏了两百来斤粉条。

第2天吃过早饭，我们就把粉条抬出去。父亲提前在空地上钉好树桩，拉上绳子。我们把粉条挂在绳子上，再用木叉顶起来。到这一步还有一道工序，叫"开粉"，因为粉条都粘成一团了。这时候就要把它搓开，要是太阳出来晒干了就没法开了。冬天气温本来就低，再用手揉搓冰冷的粉条，只一会儿，手就冻僵了。看到父母那么辛苦，我在心里暗暗发誓，长大了一定要让父母过上好日子。

晒粉条光有太阳不行，还得有风，那样粉条才干得快。粉条干了我们也不直接叫干了，叫"上岸"。晒的时候风还不能太大，不然会把绳子晃悠断。

中午我们吃过饭，检查粉条晒到几成干。突然，绳子"啪"的一声断了，一排粉条都跌落到地上，那一声脆响，像一记耳光甩到脸上。我气得眼泪直流："怎么就这么多挫折和磨难呢？不是说天会照应穷人的吗？就是这么照应的吗？"

母亲顾不上怨天尤人，赶紧指挥我们重新拉好绳子，又把粉条抬起来挂上去。我从母亲身上学到一个叫"坚韧"的词。

到了傍晚，粉条终于可以"上岸"了。父母忙着往回背，我和弟弟蹲在地上拾掉在地上的碎粉条。

晚上，母亲将蛇皮口袋重新缝制，改成更大的包，再把粉条一把把地装进去。

进入腊月，大家都在办年货，正是卖粉条的好时机。原本父母要挑到街上去卖，半夜里父亲肚子疼，忍不住呻吟起来，我在药瓶里找了一片止痛片，让父亲服下。第2天，天蒙蒙亮，母亲就喊我起床，一起上街卖粉条。我和母亲把粉条抬上架子车，母亲在前面拉，我在后面推。

到了街上，母亲一个劲儿地往前拉。我问母亲为什么不停下，母亲说："从南头来的都是挑柴卖草的，挣钱不容易，怎么舍得将钱花在吃的上？我们到街北头去卖，北头有厂矿，住在那里的人是拿工资的，他们才有钱买东西。"

我们在街北头停下来，找了一块空地，把粉条摆上，此时卖东西的人比买东西的人还多。过了一会儿，街上的人慢慢多起来。一个中年男人走过来问："这粉条怎么卖？"母亲答："一块五一斤。"那男人折断一根粉条在嘴里咬一下，继续问："一块三，卖不卖？要卖我全买了。"母亲摇摇头说："我这是纯红薯粉条，少于一块五不卖。"那男人走的时候撂下一句话："整条街没有卖一块五的，你自己留着过年吧。"母亲对我说："他们是粉条贩子，我们把粉条费力弄到街上来，不能卖得太便宜了。"

等了半晌午，来了一位穿着体面的阿姨，母亲招呼道："大姐，要粉条不？纯红薯粉做的。"阿姨问："怎么卖的？"母亲说："一块五一斤。"
阿姨说："别人的卖一块四。"母亲说："一块四不行，最少一块四毛五。"
阿姨转身走了。又来几个问的人，都是因为价格没有买。之后我们又等
了半天，再也没有人来问，我在心里甚至有点儿埋怨母亲：干吗不卖便宜
点儿，这要是卖不了，我们还得往回拉。

　　天阴沉沉的，我们站在北风口上，我的手脚已经冻得失去知觉，只
能时不时地搓手跺脚。我们早饭也没吃，又冷又饿。我的眼睛不由自主
地向卖包子的地方看去。母亲从兜里掏出五角钱让我去买包子。我跑去
买了两个包子，递给母亲一个，我用双手焐住包子，想暖和一下手。母
亲趁我不注意，悄悄地把包子装进口袋。我知道，她是想带回去给弟弟
吃。我把我的包子掰一半儿分给母亲。母亲推托说她不饿，我硬塞到母
亲手里。

　　母亲说，你在这儿看着，我去人多的地方看看有没有空摊位。

　　母亲走后，来了一位大哥，他问："小姑娘，这粉条怎么卖的？"我
说："一块五一斤。"他又问："一块四卖不卖？"我刚想开口叫他再加一点
儿，一想起病了的父亲，就问："你要多少？"那位大哥说："来五六斤。"
我捆好粉条，挂上秤钩，提起秤，秤杆忽高忽低，不是多就是少，我一
会儿加几根，一会儿减几根，紧张得直冒汗。

　　大哥刚走，又来了两位顾客，这个要6斤，那个要8斤。眨眼间，人
呼啦一下子围上来，这个要3斤，那个要5斤。我手忙脚乱地称秤，笨
拙地算账，正焦头烂额时，一旁卖猫的大娘过来帮我，才解了我的燃眉
之急。不大一会儿粉条就卖完了，我把卖剩下的半斤碎粉条送给卖猫的
大娘，又一再感谢。

　　母亲回来时，我已收拾停当。回到家，父亲已经起床了，说他这是老

毛病，不当紧。

晚上，母亲数着钱，高兴地说："今天卖了两百多元，我们还有两场粉，照这样算，今年的年货置办完，剩下的还够给你们姐弟交学费。"

此后，离开家乡多年，我最想念的家乡菜仍是自家漏的粉条。每当想起粉条，我就想起父亲母亲的不容易，仿佛又看到他们制作粉条时忙碌的身影……

（摘自《读者》2023 年第 1 期）

山长水阔情谊长

杜佳冰

孙洪正把 2018 年 9 月 19 日这个日子记了 5 年，但贾永婷起初并没放在心上。

那就是一个普通的星期三，25 岁的贾永婷忙到晚上 9 点才下班，在回家的地铁站帮助了一位问路的大爷。这种事她经常做。

那天，是 75 岁的孙洪正独自从山东省莱州市枣林村来北京办事的第 3 天，他常在这座城市绕晕头。在地铁 5 号线惠新西街南口站，他又迷路了，路过的贾永婷上前问了情况，说："我跟您在同一站下车，您跟我走就行了！"最后还硬塞给老人 100 元钱，并留了自己的电话号码。

在接下来的 5 年里，贾永婷不断收到来自山东莱州的快递包裹：6 月是樱桃，10 月是石榴，11 月是花生。每到 9 月 19 日，老人便来信问候。

2022 年 10 月 17 日，贾永婷在社交媒体上分享了自己第五年收到的石榴。有人说，这个像小学课文里的故事，名字应该叫《最珍贵的礼物》。

1

指路是"爱管闲事"的贾永婷做过的最普通不过的小事。抗疫捐物资、抗洪捐款、扶贫助人，都是贾永婷经常做的事。

2018 年 9 月 19 日这天，在地铁站，她跟孙洪正多交谈了几句。

她问："您晚上住哪儿？"孙洪正回答："还没有住的地方。"他已经在大街上睡了两晚。这趟来北京办事，他只带了三四百元，除去路费所剩无多，白天也只是吃冷馒头填饱肚子。

贾永婷的心被揪了起来，猜他舍不得花钱。她从自己的兜里找到 100 元，然后塞给老人。她想，既然他不舍得花自己的钱，可以花别人的钱，起码住暖和点儿。

贾永婷见不得老人和孩子吃苦。半年前，她把妈妈在蛋糕店抽中的 1980 元的甜品券兑换出来，送给了家乡山西介休一所乡村小学的孩子。她听在那儿任教的朋友说，班上有一些孩子家境贫寒，有的连买文具的钱都拿不出来。她加入介休市的助学协会，几乎每月都给学生捐款。

在地铁上，孙洪正说什么都不肯收她的钱，贾永婷坚持："您拿着！在街上睡，您这个岁数扛不了，去找个旅馆住，别嫌贵。"交谈间，车厢里的一位男青年，拿了 50 元塞给孙大爷，旁边还有一位老家在山东的男青年，邀请大爷去自己家留宿一夜。

分别前，贾永婷掏出纸笔，把自己的电话号码留给了大爷，叮嘱他："在北京有啥事，就给我打电话！"她想，他即使不打，也能落个心安。

最后，孙洪正在这个山东青年的家里睡了一夜，几天后便回了村。

半个月后，贾永婷接到一通来自山东烟台的电话。电话那头喊了一声"小贾"，夹杂着手机的噪声，用山东方言激动地"一顿说"。贾永婷只听懂了约五分之一，大意是：我回家了，我回来就跟老伴儿说，一辈子忘不了你，想感谢一下你，我要给你寄东西。

贾永婷谢过之后，以运费太贵为由拒绝了。接下来的一天，她陆续接到了十多通电话，内容始终如一："你给我地址。"

2

怎么感谢？没有别的办法。孙洪正有七八棵石榴树，每年结三五十个果，但小石榴多，大石榴少。他挑挑拣拣，摘了树上最大的，勉强凑够 8 个。他家里还有两亩地，常年种花生，于是又装了 3 小袋剥好壳的花生仁。

怕石榴被压坏，他又削了几根树枝，钉成一个四角框架放进箱子里。最后写了一封信，封好箱子，骑着摩托车带到镇上，寄往北京。

贾永婷出差结束回到公司，同事惊呼："你买了什么？这么一大箱！"大家分享石榴的间隙，贾永婷打开了箱子里的信。

她在自己的名字之前看到一段长长的前缀："金容、厚德、尊贵、美丽的永婷姑娘，2018 年 9 月 19 日，地铁站素不相识一面，您降福老朽的救助，回家日复浮现脑海难忘，今寄本土产物，微表寸心，忘（望）您不嫌品赏……"

书信结尾，孙洪正还附上了自己的身份证号。贾永婷想，他大概是想让她放心，自己不是骗子。她眼底发酸，急忙避开众人，跑去卫生间。这封信被她仔细装裱收藏起来，虽然后来她搬家数次，但从未弄丢。

她很快买了些家乡山西的特产和零食回寄了过去。半年后，她又收到一箱烟台的特产樱桃。贾永婷再次回寄了山西的牛肉、小米和太谷饼。

孙洪正收到后想感谢，但又不会用他的老年机编辑短信。于是他把话都写在纸上，骑摩托车带到镇子上的营业厅，让那里的工作人员帮他发出。有时不是什么特殊的日子，他也来信祝愿："6月健康，7月健康，一生永远平安健康。"

2019年9月，贾永婷又给孙洪正寄了中秋节的月饼。到了9月19日，孙洪正再次发短信表达想念之情。贾永婷决定去山东看他。

3

出发前，贾永婷其实已经记不起孙大爷的模样了。去一个完全陌生的地方，她心里还是有些忐忑。一大早，她和朋友从北京出发，到烟台后租了一辆车，买了礼品，直奔村里去。

孙洪正这天凌晨4点就起床了，扫院子，倒垃圾。他起初半信半疑，8点多打电话又确认了一遍，转头跟老伴儿说："真来贵客了，小贾从北京来了。"

他急忙去早市买了几条鱼放在院子里，又给她装往北京带的土特产。为表重视，他又通知了村主任，请他届时一起为小贾姑娘送行。

这个瘦小的老汉换上了干净的白背心，套了一件军绿色的短袖衬衫，独自在村头站了一个多钟头，才终于盼来了贵客。

"哎哟，把我高兴的！"孙洪正回忆，"在北京工作的人，能上我们农村来看我，我心里真是说不出的高兴。"

两个人一相见，贾永婷就没了顾虑。眼前的孙大爷激动又拘谨，掏出兜里的党员证给她看："小贾，我不是坏人，我入党都 50 年了。"

回到家，孙洪正又是拎起大鱼给她看，又是给她摘树上的无花果，又拿着晾衣竿，指着墙上的全家福，一一介绍家庭成员：老伴儿半身不遂，行动不便。儿子在村里开了一个夫妻小餐馆，很是孝顺，知道母亲爱吃包子，基本天天都给送过来。

中午，贾永婷就被安排在老人自家的小餐馆里吃饭。一桌子的海鲜，梭子蟹比人的脑袋都大。贾永婷一行二人，直说"吃不了"，才说服老人，别做那条还没下锅的大鱼。

贾永婷看了大爷的家，再看这一桌子菜，心里不是滋味。"人家都说编凉席的睡光床，卖盐的喝淡汤，他们住在海边，可能平时自己都舍不得吃这些。"贾永婷说。

她本想买点儿东西来看望一下就好，但心一揪起来，又包了 800 元红包，临行前交给老人。孙洪正眼眶泛泪。看着老两口，贾永婷只想"赶紧走"，"再不走我也要哭了"。

4

回到北京，快递比以往更加频繁地寄过来。

2019 年 10 月 10 日，她收到一箱东西，一张字条上写着："甜石榴 21个，酸石榴 5 个（石榴皮上用胶带贴着'酸'字），甜梨 5 个，美人红桃子，地瓜 2 块，花生，核桃（不好看，请品尝）。"

事实上，不仅酸石榴皮上有字，甜石榴上也一一写了"甜"字。

不过后来，她没再收到过酸石榴。"他应该把最好的都给我了，个个又大又甜。"2020 年 10 月收到的石榴，甚至在办公室引起一小阵轰动——

其中一颗直径有 20 厘米，一只手都握不住。"同事们说，从来没见过这么大个儿的石榴，应该是树上最好的一颗。"难怪她此前婉拒时，孙大爷十分着急，一天打来好几个电话，说石榴在树上舍不得摘，"给你留着呢"。

孙洪正总是算着日子，在霜降节气前后寄出，那是石榴最甜的时候。10 个石榴的运费是 60 元左右，但不是每个快递驿站都愿意发货。有一年他跑了 5 家快递站才寄出去，实在不行的时候，还得去客运站找客车代寄。

后来，贾永婷也不再推辞了。她开始理解："人活着总要有个念想，这件事孙大爷坚持了这么多年，不让他寄，他肯定会失落。"就像去奶奶家不带走她准备的食物，她会生气一样。

每次收到石榴，贾永婷都会发一条微信朋友圈，连留言的朋友都熟知：还是那个大爷。

你来我往，5 年间，两个人的快递收送不下 30 次。

5

2021 年，孙洪正换了一部智能手机，有了微信。每当有想说的话，他就写在纸上，拍照发给贾永婷看，因此两个人的沟通更频繁。这一年的"纪念日"问候也来得更早，才 9 月 17 日，孙洪正就急切地问候："九月十九又一年，还有两日如隔年。老朽只能反复看，夜里梦中笑喜欢。"收到贾永婷寄的快递，孙洪正会把字大大地写在快递纸箱上，让老伴儿站在那一摞箱子旁边，拍张照以示"收到"。贾永婷看到图片里的箱子上歪歪扭扭地写满了"谢谢谢谢""太多了，吃不完""小贾姑娘太破费了"，总被逗笑。

她常常同步自己的人生大事给孙洪正。结婚、生子，都给他发照片过去。孙洪正让家里的孩子替他发了红包过去，并写字祝贺"母子平安"。听说紫皮花生有补血的功用，他又剥好皮给贾永婷寄去了一箱，让她坐月子时吃。老家的房子新装修了，孙洪正也给她拍照分享。在那张照片里，贾永婷才发现，孙家客厅的全家福照片旁边，竟放着一张自己与丈夫的合影。这是孙洪正从微信里下载下来，自己拿去照相馆打印的。他将照片放大，还专门花28元买了一个立式相框，和全家福放一起，他说："看见小贾笑嘻嘻的，我心里的烦恼事能去一半。"孙洪正还曾来信问过贾永婷两次，是否知道另外两位帮助过自己的男青年的电话。他只知道那位留他过夜的山东青年是哪个村的，他曾坐车去找，但那里"不通公路，下车得走六七里地"。这份恩情，孙洪正已经不只看作自己一个人的事，而是整个孙家的缘分。他让孙子也加上了贾永婷的微信，日后常联系，"我拉倒（过世）了，还有俺孙子"。

贾永婷新添加的朋友在她的微信朋友圈看到，2022年9月底，她筹款近3000元，通过助学协会捐赠给一个父母双亡的女高中生。有人曾留言："你是我的微信朋友圈中最有温度的一个。"

2022年10月20日晚，寄完石榴的孙洪正和老伴儿坐在灯下挑挑拣拣，又收拾了满满一箱花生和地瓜要寄给贾永婷。干瘪细瘦的花生留给自己，箱子里的都是今年地里最饱满的。孙洪正还是有些不好意思："反正也不是啥好东西，但地瓜是甜的，代表我的心情也是甜的。"

（摘自《读者》2023年第1期）

董家子女

殳　儆

有一天，鲍春珲医生跟家属谈完话回来，对我长叹一声：“主任，这‘6床’，真是史上最麻烦的病人！又来了一堆子女！谈完了不算，还要再进来看看。”

正在电脑前打医嘱的赵云晖和正在填写病历的金远马上一起点头：“前天值班时就是这个样子，一遍一遍有亲戚按门铃来询问病情，他家的人真多！”

接着就看见，董家的老大带着男男女女、老老少少，一批一批进来，在老董床前站立片刻。

6床老董，是个85岁的老爷子，两天前搓麻将的时候，突发脑出血。脑内的出血量非常大，根本没有机会手术，人很快进入深度昏迷状态，靠呼吸机和升压药维持生命。他的病情在重症监护室医生看来，简单到极点，也确定到极点：瞳孔已经放大，自主呼吸消失，死亡只是时间问题。

病人已享高寿，治疗过程中感知不到痛苦，病情又已成既定事实。此时，一般家庭都会很快接受现实，结束治疗，开始准备老人的后事。

董家子女却好像面临很大压力。一得知病情，就立刻提出要请上海的专家进行会诊，看看病人还有没有存活的可能。我的困惑不是空穴来风，因为董家的老大和老二都知书达理，已经完全了解病情，态度也温和客气，并没有给我留下不信任医生的感觉。

既然董家强烈要求，我们就请了国内顶级脑外科专家来会诊。专家会诊得出的结论简单而肯定：病人没有存活的可能。明智的家属，现在应该停止维持生命的机器，让老人安静地离开人世。

董家的老大和老二频频点头，接受专家的建议。但是旋即，又带了一堆子侄来看老董。董家的子侄都是扶老携幼来一大家子。一会儿是来自北京的夫妻俩，一会儿是来自广州的一家三口，第二天又是全家带着小孙子从加拿大特意回国的。

这些亲属都是远道而来，风尘仆仆，面容疲倦，估计下了飞机都没有来得及梳洗。还有从南半球回来的，冬衣都未来得及准备好。病人的确时日无多，负责重症监护室的医生和护士不断地通融，放远道而来的亲属进来探视。

董家的老大，总是点头哈腰，谦逊万分，就怕打扰护士和值班的阿姨，引起工作人员的不满。老董那些远道而来的亲属，在探视完之后，会反复询问老董的主治医生，问病情，问预后，问到自己失望叹息为止。我们几个医生都谈得口干舌燥，耐性耗尽。

一个星期没到，家属再次提出会诊，并且，一个"学医的女儿"借了CT片，电邮给广州自己的导师寻求帮助。

重症监护室门口的秩序，维持起来不是一件容易的事。这一家要求探视，其他病人的家属也会效仿，否则会质疑这个病人是不是特殊人物，享受特殊待遇。

鲍医生说老董是"史上最麻烦"的病人，大家都非常认同。

一个星期以来，重症监护室门口人来人往，其中最多的就是董家的"亲戚"。这到底是个什么样的家庭啊？

几个资深医生轮番上阵，一轮一轮很谨慎地谈话、告知，并让他们签字。老董的儿子都礼貌地接受。我终于忍不住好奇，问出了口："你们这么多人，真的都是老董的子女吗？"

老董家的大儿子和二儿子沉默地点点头，表示认可。那个"学医的女儿"开了口："老爷子年轻的时候家境富裕，一直行善积德，收养了很多穷孩子，供他们上学读书。所有这些人，都是幼年时受他恩惠的苦孩子啊。"

老董的大儿子说："由他养大的孩子，都像他的亲生子女，跟他特别亲。所以，我们弟兄俩根本不敢擅自做主，放弃治疗。要等他所有的'孩子'都来了，见见他，才能决定怎么办。"

年纪比董家老大还年长一些的高个儿男人说："我是老大，老爸既然已经这样了，那我们就不能让他再吃苦了。我来做主，我们兄弟姐妹明天一起给他过85岁的寿辰，过完，就一起送他去天国享福吧。"

这个"老大"是举家从加拿大回来的，还抱着自己的小孙子，天天在监护室门口停留很久，似乎只是为了离老董更近一点。

此时，老董的"孩子们"或沉默，或点头。

这真是一个让人震惊的真相！瞬间，所有的医生护士都原谅了这一个星期以来不胜其烦的谈话和探视；瞬间，不再有人视这一家子为"需要特殊对待的特殊病人家属"。令人敬仰的善行，让人无法割舍的养育之恩，已是最好的解释。大家明白了这一切，也就理解了"史上最麻烦"的一家人。

我们的重症监护室在角落里有一个单独的房间——墙上贴的是类似家里的杏色壁纸，有碎花被褥和真皮沙发及接近日光的照明。这并不是一个VIP房间，也不是为了收治隔离病人。这是一个功能化的区域。如果家属放弃了有创伤的抢救，又不能回家，可以让器官已经接近衰竭状态的病人在那里度过最后的时刻。在那个房间里，允许家属陪伴，允许他们用一种比较生活化的方式等待病人离世。

老董的85岁生日，就是在那里过的，他的十几个儿女，拿着香槟色的玫瑰，围在他的身边，祝他生日快乐。然后，停止所有治疗。

心电监护仪上的心电图转为直线的时候，并没有人号啕大哭，那种悲戚和感念，感恩和铭记，弥漫在花香中。

第二天，老董"学医的女儿"来为他办理死亡证明，再三感谢医生。

一个多星期以来差点崩溃的几个医生坐在一起长叹。鲍医生说："还好，我们一直很耐心，一直在适度通融，而且创造了条件，让老董走得圆满。不然，再好的医疗措施，都会让家属感觉有缺憾，也会让我们在真相大白时愧疚不已！"

老董是一个善良的人，我们有幸目送他最后一程，过程温馨而圆满。

医疗，不应该只有机器、药物、护理、流程、规定……医者仁心，缺了理解和关怀，缺了温暖的人情味，医生就无法达到接近"完美"的那个目标。很幸运，我的工作伙伴们都未曾忘记柔软的"初心"。

（摘自《读者》2022年第11期）

201 次送别
一 念

2016 年 9 月，大一开学，老师在课堂上询问大家的报考志愿。问到"哪位同学不是被调剂的"时，全班只有我和另一个女生举了手。这个似乎不太被重视的专业，是社会工作——在社区、医院、戒毒机构、残疾爱心社，帮助陷入困境的人解决问题，辅助他们回归社会。

有爱心，帮助人，还有收入，听起来不错。高考后填报志愿时，我一口气把 6 个第一志愿都选成"社会工作"。苦等两个月后，一封录取通知书邮到了家。9 月已褪去难耐的热气，我和爷爷奶奶道别后，从行李箱中掏出奶奶硬塞进来的 8 个馒头，兴冲冲地背上大包小包，搭上开往苏州的绿皮火车。

校园生活平淡无奇，教室、图书馆和寝室三点一线，按部就班。转眼就到了大三专业实习的时候。学校可供实习的单位全都满员，于是我报名去了上海一家儿科医院血液科。每周五放学后我乘地铁、公交，再搭一班动车，每趟来回需要四五个小时。

第一次推开血液科的大门，我就闻到一股浓烈而持久的消毒水味。狭窄的走廊上放满了病床，许多小朋友躺在病床上输液，一动不动地看动画片。"啊——"突然，一个小女孩的尖叫声直抵我的耳膜，我立即循声跑过去。只见小女孩正在病床上使劲儿翻滚，正被身旁几个大人死死摁着。大人哄道："甜甜乖，医生说了不能乱动，一会儿就好了啊。"

"小朋友怎么了呀？"我走过去蹲下，握着她的小手。"刚做完穿刺，每次她都疼得哇哇叫，可是也没办法啊。"甜甜妈妈边说边抹去眼角的泪水。后来，我和甜甜慢慢熟悉了，我们一起玩芭比娃娃、过家家。有一回我临走时她说："你要是我亲姐姐就好啦！"我笑了笑，答应每周都来陪她。

大概一个月后，又到了周五，还没放学就下起了暴雨，拗不过体内懒惰的基因，我自我安慰道：一周不去医院也不碍事儿。于是在本该出现的那周，我缺席了。

一周过后，我推开病区大门，正好一个病人被火急火燎地推过来，径直进了抢救室。我心里突然一沉，有种不好的预感，于是赶紧向小甜甜的病房跑去。刚到门口，我就看见空荡荡的白色被子落寞地蜷缩成一团，小小的玩具正等着她的小主人。

分针又挪动了3圈，医生才出来。他走到甜甜父母耳边轻声说了几句，崩溃的哀号瞬间响彻整个病区。那一刻，一种强烈的懊恼将我淹没："要是上周按时赶来，可能就不会这样了……"我拖着僵硬的身体走出医院，再也忍不住了，旁若无人地大哭起来。

督导知道我的内疚和郁郁寡欢，告诉我甜甜本来在禁食期间，爷爷不忍心看娃挨饿，就喂了她一口炒饭，所以才……然而压在我心上的石头始终沉甸甸的，我无法相信死神就这么轻易地把可爱的宝贝带走了。

2019 年，我来到上海读研究生，在众多的实习单位中又选择了医院的安宁病房。

临近毕业时五花八门的招聘信息每天刷屏，大家纷纷努力奔向精彩的未来。我滚动鼠标，漫无目的地浏览着网页，翻到最后一页，看到一家社区医院正在招社工，于是投去简历。3 天后，我收到面试通知。一个月后，我又穿上白大褂，来到安宁病房。每天清晨，我骑着单车，迎着一路的朝阳和绿树，去陪伴一些人度过生命最后的时光。窗外的喧嚣和病房的安静，像被彼此隔绝的两个世界。

与先前被父母簇拥着的小朋友不同，这里的老人大多独自躺着，床脚和桌子上堆着尿布、毛巾衣物和一袋袋水果。常年的放疗化疗早已把他们折腾得皮肤蜡黄、瘦骨嶙峋。

与二三级医院不同，社区的安宁病房配备了大量止痛药，专门用于缓解病人突然出现的剧烈疼痛。

安宁病房，似乎成了无力感的代名词。医生、护士、家属、病人，每个人都不说，却又扛着各自的无力感。

"这样半死不活吊着也是家人的拖累，还不如早点儿走了算了。"面对病人话语里的极度沮丧，我常常无语。我默默花了一个月时间去研究更有力的安慰话语，却发现最好的安慰是少说多听。他们需要在安静中宣泄，安静到无论多绝望都能被包容和承接。

"我的造口袋又脱落了，屎尿漏了一床，让护工忙活了一上午。"6 床的刘婆婆小声说，显出无比内疚的神情。

"我们本意也不想给别人增加负担嘛，看得出您很为护工着想，要不一会儿我们送个小礼物给她？"我慢慢地顺着她的意思说，认真平复她话语里的微小情绪。

有一次，一位性格幽默的叔叔，因为肠梗阻禁食两个月，他说："实在顶不住了，我就先去了，明年这时候给我送点儿酒就行。"我便应和着说："行啊。"正好医生说下午来开两瓶安眠药，很快就不疼了，叔叔愣了一下，支吾着说："老婆肯定不愿意……"说完，就翻身睡去了。

一边很沮丧，一边又被生的意志支撑着往前走，也许这就是他们的常态。我也慢慢接纳了与无力感相处，试着想象把自己放进每一套病号服里，这样就能穿透语言表面，听到他们真实的心声。

2019 年 12 月 31 日，我们准备了一堆小丑服和道具，在病房办了一场热闹的庆元旦活动。平时老和妻子吵架的叔叔在大家的一阵起哄下，破天荒地拥抱了妻子，还在妻子脸上亲了一口。妻子激动得红了脸，不停"抱怨"道："前 40 年干吗去了，早点儿这样不就好了？"妻子一边念叨着肾癌晚期、体重只剩 90 斤的丈夫，一边给他戴上了自己织的小红帽。

我们又来到一位身患胰腺癌的 91 岁爷爷的病床旁，拿着小话筒采访他有什么新年心愿。爷爷戴着氧气面罩，缓慢地坐起身，说："我小时候家里穷，上学没花过家里一分钱，全靠国家培养。现在我只有一个心愿，希望走了之后把遗体捐赠给国家。"一旁的老伴儿点头说，遗体捐赠把她也算进去。

元旦假期一结束，我就去相关机构为两位老人办手续，领材料的时候我心里一颤，也为自己领了一份。自那之后，我心中的无力感慢慢消失了，一直在带他们体验不同的新鲜好玩的事情，并乐此不疲。

春天我会去附近的花市买回一大束鲜花，带老人晒太阳、编花环；医院领养了一只小狗，下午 3 点我就带着输完液的老人和小狗玩；为以前唱苏州评弹的奶奶涂上口红，和场外志愿者连上视频，"走"到她心心念念的苏州河，那是她第一次约会的地方。

还有一次，我带大学生来探望老人，无意间瞥到一位老人枕边放着一个贴满胶布的收音机，上面密密麻麻地写着歌名。直觉告诉我，收音机的主人肯定有故事，聊过后，我才知道，这位老人参加过抗美援朝。

第二天，我们就带着一份特别的礼物走到他的床前——他过去的战场故事被我们制作成一本生命影集。老人用干枯的双手颤抖地抚摸着自己身着军装的照片，激动地说道："好啊，好啊……"一周后，老人离世了。

2020 年 9 月，我被派去集中隔离点封闭工作一个月。任务结束后飞奔回病房，捐献遗体的爷爷、苏州河奶奶的床都空了。那一瞬间，我禁不住泪流满面。

当我下定决心要更用心地陪伴这些老人时，却不知自己的奶奶已经进了重症监护室。

2021 年 2 月的一个清晨，奶奶起床晾衣服，突发脑出血栽倒了。抢救室外是爷爷一个人焦急踱步的身影。爷爷不想耽误我的工作，还是一如既往地选择隐瞒。等我知道时已经是两周后了。

我跟单位请了假，正收拾行李时电话铃响了，视频里是不停落泪的爷爷，奶奶的情况可能不太好了。那一刻我蒙了，拖着收拾了一半的行李箱就往机场奔，焦灼的心早已提到了嗓子眼儿。

飞机逐渐升空，胡乱飘荡的意识飞回过往。我 7 岁那年，父亲患肝炎去世，母亲改嫁，爷爷奶奶身旁只剩一个患有癫痫的小儿子；前年，奶奶骑三轮车被一辆汽车撞倒，我又在几千公里外的上海忙着租房找工作。

这些年来，我好像在他们需要我的时候都因故缺席。我暗暗下定决心要好好弥补，只是奶奶终究没能等到我回去尽孝。

火化那天，爷爷念叨着，奶奶还是享了福的，这些年我也算对得起她了。我看到爷爷眼角滑落的泪珠，听出他是在安慰我，不想让我太自责。

我陪伴了那么多人走到生命的最后，却唯独错过了亲人的临终时刻，我不知道要过多久才能原谅自己。在所有人的反对声中，我回到医院辞掉有编制的工作，放下了所有荣誉。整理工作材料时，我发现上一位离去的病人，正好是我陪伴的第 200 位。

也许是因为做了临终关怀的工作，我才更加深知生命的意义。我不能再让年近 80 岁的爷爷，为患有癫痫的叔叔做饭穿衣。

一个月后，爷爷被检查出患有高血压、轻微脑梗，住了院。我在一旁照顾时，熟悉的病房环境又让我想起曾陪伴过的那些老人，他们的笑脸、掌心的温度，我们一起录的视频，都历历在目。我突然冒出一个新的想法：为何不将那些一直温暖着我的故事写下来，去照亮更多人的内心呢？

于是，在安宁病房几千公里外的家乡，我开始写下那一个个鲜活的故事——他们对疼痛的忍耐和生之意志、面对死亡难以言说的恐惧、来不及表达的爱和离别……我想每一个动人的故事里，都藏着他们给予世界的最后的善意，承载着他们真实走过的人生。

（摘自《读者》2022 年第 11 期）

穿越百年风雨的家书

徐海蛟

有些人，以温吞麻木的方式活到 100 岁，他们的生命却不过区区由春而冬，年复一年而已。有些人，鲜衣怒马，若电光石火般一闪而逝，他们以青春的死亡，点亮历史的某个至暗时刻，肉体泯灭，灵魂却上升为时空里久远的星辰。

广州天字码头，24 岁

1911 年，4 月将尽。一个暮色苍茫的黄昏，一小队手脚戴着沉重镣铐的朝廷重犯被押解到珠江畔广州天字码头。浩荡的江水声掩盖了犯人们镣铐碰触的声响。其时，南国大地上一片动荡，一场震动朝廷的起义刚刚被平息，清兵到处宵禁、抓人。

只有珠江一如往昔，在暮色里激荡着汹涌的波涛，仿佛对这个世界的无尽控诉。

24 岁的林觉民夹在这七零八落的犯人队列里。若你注视这群人，便能够一眼将他认出：高额浓眉，鼻梁像一笔米芾的中锋。尽管不久前身受流弹之伤，伤口未愈合，但他站在队伍里依然那么坚挺。

4 月 27 日是林觉民一生最悲壮的一日，几天前他从香港赶回广州，就知道自己是来赴死的。他和同盟会的战友们臂上缠着白布，脚上穿着黑鞋。他们义无反顾地打响了广州起义的第一枪，一路奋进，击毙卫队管带，闯入总督署，再与水师提督李准的亲兵大队血战。天知道这是一支多么弱小的队伍，就是数得清个数的 100 多号人；也只有天知道，这是一支多么强大的队伍，战友们自发地称这支队伍为"敢死队"。在起义军出发之前，这些年轻人都表明了义无反顾的决心。

在清兵火力猛烈的反攻中，林觉民的同乡林文，那个与他相同年纪的年轻人第一个倒下了，子弹从正面射来，直直扎入他的胸膛；比他仅仅年长一岁的方声洞倒下了，子弹从他的背面进去，血喷涌而出；他的堂弟，亦是 24 岁的林尹民倒下了，子弹打爆了他的脑袋……这 3 个同一年出生的青年，现在竟要同时赴死了。硝烟散去，林觉民的脑海里浮现出妻子的模样，她于暮色里缓缓抬起头来，温婉的脸上爬满了伤痛。她拽着他的手臂说："你答应过我的，无论去哪儿都带上我。"说完这句话，她又失望地转过身去，动作迟缓而疲惫，她的腹中正孕育着他们的孩子。

就在前些天，就在 4 月春光泼洒的季节，他最后一次返回故园，最后一次拥抱了她，最后一次放开她的手。为了不至于让前行的勇气彻底丧失，他快步离开杨桥巷，但走出几个巷子后，忍不住回头望，她已跟出来好远，她婆娑的泪眼此刻又浮现出来。

这一年春天，陈意映拥抱了短暂的幸福，林觉民早早地从日本庆应大学请了假回来。但她根本不知道他的到来，是为了赴一场多么凶险的革命之约，她是那么天真地以为他真是放了樱花假，她那么欣喜地迎接他，并和他一道融入这短暂的春天。他还是那么匆忙，他们还是聚少离多，他常常前脚跑进院子，后脚就走了。她有时候也忧戚地问："觉民，你来去如此仓促，你在干什么？"他不能回答她，只好愧疚地笑道："我在会朋友，我们要办一件大事。"她无法想象，他要办的这件大事是在城郊的西禅寺里制造炸药。

大清的行刑队已一字排开，刽子手们将子弹推进了枪膛，子弹落入枪膛的咔嗒声打断了林觉民的思绪。面对一排乌黑的枪口，可以感觉到死刑犯的队伍里有了轻微的骚动，有人开始抽泣，有人瑟瑟发抖。林觉民微微扬起头来，沉静地凝视着枪口，他直了直身子，长长地呼出一口气来。"这黑暗一定不会持久地笼罩着我的中国。"他心里闪过这样一个念头，随即，妻子那张圆圆的脸庞又浮现出来，"意映，我先走一步了，来世一定带你去想去的地方"。他再一次听到了江水拍岸的声音，一颗子弹在那时冲出了枪膛。

杨桥巷 17 号，20 岁

林孝颖已在儿子住的小楼外徘徊良久，他决定找儿子谈谈。那天早晨，他再一次出现在林宅大院里的西南隅，那是一个自成院落的厢房。林孝颖看到儿子小楼的廊下挂着一块匾，上书"双栖楼"，脸上禁不住露出了一丝笑意，他心想："小夫妻倒也恩爱。"其实，他何尝不期望他们就这样恩恩爱爱过一份平常富足的生活，儿女绕膝，至亲在身边。

但作为老父，他深知儿子秉性，觉民是不可能就这样安逸地挨过一生的。生逢如此乱世，他定是无法安心过小日子的。早年，送儿子去私塾，他一点儿也不喜欢老先生的"之乎者也"，一点儿也不喜欢"弟子规，圣人训"。林孝颖只好让儿子入新学，15岁那年，林觉民从侯官高等小学毕业，考入全闽大学堂文科学习。在全闽大学堂，这个十几岁的少年常有令世人刮目相看的举动。他带领激进的同学闹学潮，在七星庙里做《挽救垂亡之中国》的演讲，真有一呼百应的架势，台下一干青年被他的话语和思想鼓舞得热血沸腾。其时，全闽大学堂的一个学监恰好在场，忍不住感叹："亡大清者，必此辈也！"这话传到林孝颖耳中，像一记重锤砸在他心窝上。

有一回，林孝颖去了福州城南的一栋旧宅，那里有儿子创办的阅报所。诸多自印的进步刊物——邹容的《革命军》，陈天华的《猛回头》，《民报》《苏报》《浙江潮》和秋瑾的《中国女报》，这些小册子，每一本都"烫手"得很，里面涌动着激越的思想，跳跃着噼里啪啦的火星子。

立在阅报所廊下，林孝颖第一次感到震惊，一股隐隐的不安像闷雷滚过心间。他在心里跟自己说，不能再拖下去了，得即刻想办法。

林孝颖多方奔走，还是决定让儿子去日本留学，或许这样可以离"祸端"远些。早些时候，林觉民提出留学想法时，林孝颖是反对的，他既不认为新学有多好，又只有这么一个从兄长处过继来的儿子，心里就是放不下。林孝颖一次次想起大哥的长子长民来，觉民本是长民的亲弟弟。长民离家千里，在外面做大事，可怜的大哥成天担惊受怕，恐长民有性命之忧，曾想过要将长民关起来，不准他外出。但长民自诩为"治世之能臣"，又岂是能关得住的？

老父亲将让他留学日本的决定告诉了林觉民，觉民兴奋得像个孩子：

"父亲大人，儿子一定不负期望，学成后定为民族大业尽一份心力。"林孝颖心里不免感慨："20岁的人了，都已为人父，还如此天真。"尽管话已出口，老父亲脸上依然浓云密布："你关心林家大业就好了……"

1907年，林觉民东渡日本，开始了为期4年的留日生涯。

双栖楼，18岁

从1905年开始，林觉民心里有了另外的内容。这个心思成天被家国情怀和革故鼎新的念头占据的年轻人，心里装进了一个女子的名字，生活也紧跟着滋生出另外一番滋味。

"要成亲，要跟父亲挑选的姑娘成亲，这不是包办婚姻吗？"起先，林觉民心里是反感的。但在林觉民18岁那年，林孝颖催逼得紧。林孝颖还是怕儿子一心闹革命，哪天把自己的性命搭进去，想着让他成个家，或许能收收心。

林觉民没有想到相亲的对象竟这般令人心生好感。从见到陈意映第一眼开始，他就得到了一种确认，就是她了。仿佛一个于世间流转了十几年的人，终于寻到了失散的亲人。她是一个温润娴静的女子，他是一个俊逸刚正的男子。相逢的那一刻，两个人的目光和内心里都积攒起欢喜，彼此在欣喜的静默里交付了一生的契约。

1905年秋天，18岁的林觉民与14岁的陈意映结为夫妻，在三坊七巷的林宅过了一段短暂如花的日子。林觉民、陈意映住在林宅西南隅的一栋小楼中。因了有情人的相遇，这大宅院里的小楼成了一个理想的家。他在绝笔信中深情追忆："回忆后街之屋，入门穿廊，过前后厅，又三四折，有小厅，厅旁一室，为吾与汝双栖之所。初婚三四个月，适冬之望日前后，窗外疏梅筛月影，依稀掩映……"林觉民看似执拗，实则铁血柔肠。夫妻俩情投意合，如切如磋，如琢如磨，在南窗下听夜雨，在天井里赏梅花，在廊间紫竹丛中捉蝴蝶。

林觉民相信所谓幸福大致就是这番模样。但林觉民更相信，如果没有盗火者、没有先行者站起来开创一个全新的世界，这样的幸福于老百姓绝不是唾手可得的。在乱世，要毁坏一对小夫妻的安稳日子，真是易如反掌，苛政压迫，兵灾动乱，外敌入侵……在动荡腐朽的旧中国，哪一件事都有可能倾覆平民百姓对幸福的想象。他越是爱这样与妻子举案齐眉的生活，越是爱身边的人，就越是要为之付出自己的一切。

有一回，他痴痴傻傻地说出一句令爱妻陈意映反目的话来："若真可以选择，我宁愿你比我早死。"话一出口，陈意映脸色大变，讶异地瞪着丈夫，仿佛说："你竟有这样歹毒的心思。"见陈意映发怒，林觉民将爱妻揽入怀里："意映，你有所不知，我这样说自是有我的道理的。你想想，若有一天我于你之前死了，你必然伤心欲绝，你身体又那么孱弱，让我如何放心得下！我倒真想守着你，等你离开这个世界，我再死，想必心里就无牵挂了。"陈意映沉默着，眼睛里滴下一颗一颗的泪珠。

香港滨江楼，24 岁

1911 年 4 月 24 日，深夜香港。三更已过，杂沓的喧嚣沉寂下来，奔忙了一天的人们都已进入梦乡。一座小楼内油灯依然亮着，晃动的灯影勾勒出一张坚毅的棱角分明的脸。林觉民再次用手捻了捻灯盏，油灯的火苗向上欠了欠身。

这是特殊时期，林觉民从清晨开始一直忙到晚上 10 点才停下来。有太多大事需要商讨，有太多细节需要交代，也有太多人需要达成共识。几天之后，他们就将奔赴广州，发动一场革命。这是生死攸关的时期，这些心怀天下的年轻人需要给自己一往无前的勇气。林觉民好不容易等到安静的时刻，他推开一身的事务，在小桌子前坐下来。是时候了，他得留出一个夜晚给自己深爱的人。他最喜欢在烛光的火焰里，与意映相依，看着她低眉颔首的模样，便是岁月里最丰盈的时刻。"君问归期未有期，巴山夜雨涨秋池。何当共剪西窗烛，却话巴山夜雨时。"李义山的诗句竟在此刻涌上心头。他不禁哑然失笑：这是诀别，哪儿来的归期呢？

几天前，他匆匆回到福建家中，说学校放了樱花假，正好回来看看家人。随后又匆匆走了，意映临别时问他："下回你何时放假？"他无数次想过要告诉她实情，告诉她这次是去参加革命，或许就和你永别了。但他无论如何都说不出这番话来。那些到嘴边的话，一次次被他嚼烂，又咽回肚子里。这是多么残忍的时刻，要弃至爱的人而去，要留下她孤零零地在这荒凉的世上。

林觉民从抽屉里找出一块洁白的丝绸方巾，他要在这一方洁净的丝绸方巾上给妻子写一封绝笔信。他摊开方巾，磨好墨，郑重下笔：

意映卿卿如晤：吾今以此书与汝永别矣！吾作此书时，尚是世中一人；汝看此书时，吾已成为阴间一鬼。吾作此书，泪珠和笔墨齐下，不能竟书而欲搁笔，又恐汝不察吾衷，谓吾忍舍汝而死，谓吾不知汝之不欲吾死也，故遂忍悲为汝言之。

写完一段，林觉民停了一会儿，他担心泪水滴落在方巾上，把字迹洇开。他起身去洗了一把脸，坐下重新往下写：

吾至爱汝，即此爱汝一念，使吾勇于就死也。吾自遇汝以来，常愿天下有情人都成眷属。然遍地腥云，满街狼犬，称心快意，几家能彀？司马青衫，吾不能学太上之忘情也。语云：
仁者"老吾老，以及人之老；幼吾幼，以及人之幼"。吾充吾爱
汝之心，助天下人爱其所爱，所以敢先汝而死，不顾汝也。汝
体吾此心，于啼泣之余，亦以天下人为念，当亦乐牺牲吾身与
汝身之福利，为天下人谋永福也。汝其勿悲！

笔再也没停过，他的字在洁白的方巾上翻飞。他几乎一口气就写完了
后面的段落。待到搁笔，他瘫坐在位置上，再无气力，仿佛一生都在这
短短的方巾上盛开和凋零了。他在方巾上写下整整 1252 个字，每一个字
都带着泪，可以泣出血来。

他是以爱她的心去爱天下的人们，以疼惜她的心去疼惜天下人的幸
福。他将生命看得如此通透，将生死看得如此淡然。那个夜晚他不会知
道，这封情意款款的家书将穿越百年的风雨，和他的精神一样，以永不
凋零的方式在世间流传。

写完信后，已是 25 日凌晨。林觉民推开窗，一阵风吹了进来。窗外
夜色深沉，四鼓已过。林觉民将方巾叠好，心里想着："再过两个时辰，
黎明就要到来了。"

（摘自《读者》2022 年第 11 期）

"布衣教授"何家庆

北方女王

何家庆，总是身穿一件破旧的蓝色涤卡中山装，他是一个有故事的老人。

1972年深冬的安庆，大雪弥漫。

何家庆的父亲推着一车煤在晚上送货，路像结绳记事的麻索，艰难地蜿蜒在山谷之间。天黑路滑，人与车都摔了出去，他的手指被车重重地压到，血流不止，当场断裂。

强忍着剧痛，他还是坚持单手推着板车送完了货，拿着刚刚赚到的钱，去扯了一块深蓝色的布，给儿子做了一件中山装。

何家庆穿着父亲送的那件衣服，凭着一副血肉之躯，独自走进大别山，流浪3万多公里，无数次死里逃生，只为切身实地地帮助千千万万的农民，靠种植魔芋改变贫苦命运。

那是理想主义者的困厄与悲壮。

1

何家庆皮肤黝黑，瘦弱不已，头发总是乱糟糟的，看起来不修边幅，像个"怪人"。其实那是无数个日夜被风霜与黑暗锤打后的模样。

那个瘦小的身影从远处看去，渺小而悲壮，让人心生不忍。

因幼时贫寒，他对贫苦的农民有着深沉的挂念。

1949 年出生的何家庆，来自安徽省安庆市一个贫苦家庭，一家 8 口靠父亲拉板车送货维持生计，收入微薄，他太懂挨饿是什么滋味了。

饥饿使他恐惧，饥饿与贫穷，侵蚀着少年何家庆，同时也磨炼了他坚强的意志。最为幸运的是他有一位好父亲，不管家里多么拮据，父亲都不曾放弃让他读书。

何家庆幸运地结识了一群友爱、朴实的乡民与同学，他有一份老账单，上面密密麻麻地写满字，记的都是他少年时期接受过的各种馈赠，他可谓吃百家饭长大的。

何家庆将这些善意全部记在心中，继续认真刻苦地读书，"以中有足乐者，不知口体之奉不若人也"。

1976 年，何家庆从安徽大学毕业并留校任教，跟着导师研究中草药，从事植物分类学和药用植物学的研究与教学工作。当时，他每个月的工资是 18.65 元，刚够养活一家人。在别人忙着写论文、评职称，想着怎么赚更多的钱改善生活时，何家庆却决心前往大别山考察，帮助农民摆脱贫困。

出身贫寒的何家庆，非常清楚饿肚子是什么感觉，那种深刻的感受让他决心要为老百姓做些实事，让老百姓吃饱饭。

那几年，何家庆为考察大别山一点点准备着，最重要的莫过于攒钱，要攒够上万元的考察资金，对每个月收入只有十几元的他来说，是遥远而渺茫的。

何家庆省吃俭用，即便在结婚这件人生大事上，他也只是与妻子简单吃顿饭，就算完成了结婚仪式。7年下来，他好不容易才攒了3000多元。

80多岁的父亲没有反对儿子的这个想法，反而十分支持，不辞辛劳送来4000元，那是老人家一辈子的积蓄，全是皱皱巴巴的1元、1角的零钱。

看着白发苍苍的老父亲与那一袋子发皱的钱，何家庆泪流满面。

2

1984年3月20日，何家庆终于踏上考察大别山的路，带着一个本子、一支笔、一台照相机和一笔攒下的钱，他不知道自己即将面临狂风暴雨。

这一走，就是225天。他的足迹踏遍大别山所跨的鄂豫皖3省19个县，徒步12684公里。

大别山处处险恶，连当地人都不敢前去探索。何家庆遭受了从未经历过的磨难，悬崖、洪水……黑夜里，野狼对他虎视眈眈，山蚂蟥让他的腿溃烂流脓。

他虽赤手空拳，却从未想过放弃。有一次，他攀登陡峭的大别山主峰，不小心脚滑了一下，顿时跪在悬崖边上，膝盖血肉模糊，他两手紧紧抠住石缝。在生死时刻，一位路过的猎人将他救了下来，他万分感激。

他无数次死里逃生，都是为了将考察资料带回去进行科学研究。

他成为最熟悉大别山这片土地的人，采集了 3117 种、近万份植物标本，用生命为国家后来实施的"星火计划"提供了第一手资料。

从大别山回来后的何家庆，像变了一个人，那是风餐露宿、遭受大自然苦难后的样子。他越发面黄肌瘦，他的那副大眼镜，框架得用竹签支撑着，才能继续使用。

回到大学校园后，何家庆开始带着学生对上千种植物进行研究筛选，一刻也不敢停歇。

功夫不负有心人，何家庆终于发现了魔芋。他说："魔芋适合在山区阴凉潮湿的土壤里生长，栽种技术含量低，山区农民学得快、用得上，并且产量高，一亩地产量高的可以达到八九吨，收入够供一名大学生上学，种植魔芋有利于帮助贫困地区的人们尽快脱贫。"

为了打消农民们的顾虑，何家庆二话不说，自己掏钱进行试验，从湖北引进种子，无数个日日夜夜，田地成为他每天必去的地方。

最后 500 亩魔芋全部丰收，收益超过 400 万元。何家庆喜极而泣，他马不停蹄地撰写了 18 万字的《魔芋栽培技术》一书，该书成为国内第一部系统研究魔芋种植的书，他也因此被誉为"魔芋大王"。他迫不及待地将这些科技知识传播给贫困山区的芋农。他的心，总是与老百姓连在一起。

1990 年，何家庆到安徽省绩溪县担任科技副县长。挂职 850 天，他有 700 天是在这座县城贫苦的村子里度过的，他不坐车，坚持步行，与村民们一起下地，一起吃住。

在绩溪遭遇洪灾那年，何家庆整整一个月都泡在水里指挥救灾，中途晕倒过几次，还染上了血吸虫病。他说："改善贫困山区人民的生活，我有一份责任，虽没有力挽巨浪之臂，却有一颗火热的心。"

挂职结束，与乡亲们分别那天，乡亲们送来一面锦旗，上面写着"焦裕禄式的县长"。

3

十几年前的大别山之行，给何家庆的身体带来不可修复的伤害，但他必须在身体尚可时，再次调研。

1998 年 2 月 10 日的清晨，在大学待了几年的何家庆，又要开始苦行僧式的生活。他留下一封信，揣着攒了 10 年的 27720 元，以及学校的介绍信、一张刊登着国家"八七"扶贫计划贫穷县名单的《光明日报》。

那封信里这样写道："何禾吾儿，当你读到这封信时，我已经离开家，带着满身的病痛离开了你和妈妈。此行，我思索良久，准备了 10 余年。中国西部的贫困情况比东部、大别山地区更糟糕，我知道此行意味着什么，倘若发生不幸，这封信就算是我对你最后的交代。"

49 岁的何家庆背起行囊，悄悄告别妻女，孤身一人开始西行。他不知道，自己这次需要多久才能归来。

何家庆独自流浪了 3 万多公里，曾被毒蛇咬伤，大腿溃烂浮肿，他用刀片划开自己被咬伤的出血口，吮吸毒液，拖着万分疼痛的伤腿，继续赶路。

荒郊野岭，他饿得快要死去，只能向老伯讨几口猪食维持生命，睡在猪圈。躺在黑暗中，他看得见茅草缝隙中的星星，听着远处竹林里凄凉的叫声，他感觉那是某种生命在安慰他，不禁泪流满面。

走投无路时，他放下知识分子的尊严，行乞两个月，才没饿死在路上。他甚至曾到一家面食店门口乞讨食物："行行好，把桌上那碗吃剩的面汤给我喝吧。"

在云南大理，人们见他衣衫褴褛，头发、胡须又乱又长，将他当作流浪汉，送进收容所。

当然，途中也遇到过好心人。有村民见他生病，将他背回自己家中进行照料，为了让他快点儿好起来，宰杀饲养多年的老母鸡为他补身体。

在重庆酉阳县青华乡，何家庆给村民们上课，通常是从白天上到晚上。村民们爱戴他，他病好之后，大家自制了担架，不顾他的强烈反对，硬是将他抬着、背着送出了大山。

整整 305 天，31600 公里，他从未停止前行的脚步。

为此，何家庆多次险些丧命，堪称九死一生，为了活下去，他靠乞讨为生，只为传授山民魔芋栽培技术。

4

1999 年 12 月 28 日，50 岁的何家庆带着满身的伤痛与充实的成果回到合肥。归来后的他，愈加消瘦，体重只有 40 千克，有了许多白发，眼窝深陷，而那双眼睛清澈干净，温和地看着这个世界。

女儿何禾那天远远见到一个又黑又瘦的身影站在家门口，肩上背着一袋东西，她走近一看，原来是自己的父亲何家庆。

他终于回来了。

何家庆做什么事情都带着一股韧劲儿，虽然经历了九死一生，何家庆仍然不后悔："我是人民教师，当为人民服务。"

各大媒体记者开始对何家庆西行的事迹进行报道，原本默默无闻的他，就这样成为被大众知晓的"名人"。

他的生活没有发生任何变化，他依然每天粗茶淡饭、清心寡欲。在安徽大学的校园里，大家看到的还是那个"布衣教授"——穿着洗到发白的中山装，带着自己的饭盒在食堂打饭，一顿午饭很少超过3块钱，一日三餐总是离不开馒头和稀饭……

与他形影不离的除了那件破旧的中山服，还有一个褪色的破布袋，里面装着他授课需要的标本与书。

对自己从不舍得花钱的何家庆，却自费4万元申请了8项专利，又自费7万元出版了图书《中国外来植物》。为此，他跑遍国内外多座城市，拍下3000多种外来植物的图片。

国家奖励他10万元奖金改善生活，他却将这些钱全部捐给了贫困山区的女童，资助她们读书。

其实何家庆很需要这10万元钱，一贫如洗的他与家人挤在一间面积只有35平方米的小屋子里，而大半间屋子装的还是植物标本与书。

几年后，学校给他分了房子，搬家时突逢大雨，植物标本被雨水淋湿，何家庆为此难过了很久。

何家庆的精神是丰富的，他的人生除了草木，便是百姓。

5

何家庆很孤独，内心却是充实、丰富的。他说："我既不是凯旋的将军，也不是披挂上阵的战士，而是一头疲惫不堪的役牛，亟待这冬闲静养生息，为下一个春季的劳作做准备。"

何家庆始终关心农民，并且相信在种植了新植物资源后，贫穷闭塞不再是无法摆脱的宿命。

在大家的印象中，这个身材瘦小的老头儿像有着用不完的劲儿，却不料他倒在了扶贫调研的途中，随后被确诊为癌症晚期。

在生命最后的日子里，何家庆越发消瘦，他忍受着疾病给他带来的痛苦，依然坚持将自己这些年的调研成果记录下来并传递出去。

去世前一天，他戴上眼镜，打开电脑，坐在病床上写文章。那天晚上，他还一直记挂着栝楼（编者注：一种中药材）的事情："不知道今年栝楼收成怎么样，村民们能不能卖出一个好价钱。"

在生命的尽头，他挂念的还是老百姓。

贫穷与孤独终生与他为伴，这何尝不是另一种意义上的理想主义。

2019 年 10 月 19 日，70 岁的何家庆去世，合肥下了大雨。

临终时，何家庆穿着父亲当年送他的那件蓝色涤卡中山装，衣服上布满了斑驳的补丁，它们是苦难与信念的寄托。

临终前，何家庆只有一个心愿，就是将自己的眼角膜捐献给贫困山区的儿童，他用尽最后一点力气在捐献单上签下自己的名字。

医生将何家庆的眼角膜取出后，感慨道："从未见过哪位 70 岁高龄的老人，能有这样清澈的眼角膜。"

那双明亮的眼睛，永远不会蒙上浮尘。

何家庆在离世前，写下一首诗，名叫《我走了》：

我走了

我还活着

朽而沃若

似一粒种子破胸

比一滴水珠畅想

泥土里聚集力量

空气中尚存清氧

谁怂恿我努力而为

谁把控我生命续延

我走了

无须作祭奠

无须泪挂腮两旁

无须那一纸挂墙告悼文

请忘掉我吧

泥巴或白雪

一切都回归土地

我从这土地生长

几天后，在安徽潜山梅城镇河湾村，100 多亩栝楼熟透，进入采摘期，这是当地村民在何家庆的指导下，种植的早熟品种。

放眼望去，金黄色的栝楼堆放在一起，盖满整个村庄，也盖满命运的故土。

何家庆，已化为泥土，与这片熟悉的土地融在一起。

（摘自《读者》2022 年第 9 期）

雪 信

魏建业

我是在当兵第二年来到贡嘎雪山边防哨站的。

和我一起驻训换防的还有一个刚入伍8个月的新兵和连里的士官长。接到上山的命令后，我们快速打好背包，早上6点就跟着装运物资的"康明斯"大卡车前往贡嘎雪山。卡车一出营区门口，我就分不清东南西北了。按照保密条令，卡车四周都被我们用皮革雨布包裹得严严实实。车厢里透光性差，我们3个人又挤坐在一堆物资里，本来腿脚就伸展不开，又要护着随身携带的武器装备和蔬菜，加之驾驶班的刘班长开车勇猛，我们就像被摇个不停的罐装可乐，随时随地都可能爆炸。

车开出3个多小时后停了下来，我们连忙跳下车，车外的兄弟们一看见我们就立马围了上来，热情地和我们拥抱、握手。这时，一个面容沧桑但眼睛异常明亮的战友走过来，我发现他的手上全是冻疮烂掉后结出的硬痂。

冻疮，几乎可以算得上高原战士的标志了。可我从来没见过像这样的一双手，手指冻得通体红肿，像几截在开水里焯过的腊肠；手指甲全部向内凹陷进去，指缝是黑的，指甲盖却呈现灰紫色，看不出血色。

我和他聊了几句，从他的话里我才知道，原来卡车停的这个位置不是我们的目的地，而是山脚下的一个兵站。通往贡嘎雪山的山路前不久出现过塌方事故，为了安全起见，兵团下了命令，运送物资的卡车一律停在山脚的这处兵站。

这就意味着我们要自己把物资背上去。要知道，在高原长时间负重行走是一件很危险的事。我正在发愁，这位战友仿佛看穿了我的心思，笑道："没事，你们第一次上山，等会儿让边防站的兄弟们多背些，你们先适应适应。"

士官长招呼大家准备背物资上山。分配物资的时候，这位战友说："这三名同志刚上山，山上氧气少，背东西爬坡不容易，咱们边防站的兄弟们都是老兵了，主动多背些。"其他两个战士笑道："放心吧，任排长。"这时我才知道，原来他是排长。

分配好负重后，我们就向雪山出发了。刚开始走得并不太吃力，可再往上走，海拔不断升高，氧气也越来越稀薄，原本只用鼻子呼吸的我，走到后面便开始张大嘴喘粗气。这种感觉非常痛苦，我感觉脑壳逐渐有些发蒙，脚底下开始走虚步。新兵体能更差些，一路上我都能感受到他那吸尘器一样的肺管仿佛要抽干净空气里所有的氧气。

任排长看见我们体力不支，便下令整顿休息，就这样，一路上走走停停，我们从正午出发，抵达边防站时天已经黑了。

边防站的任务除了每日正常的操课，最重要的就是定时巡逻和站哨，守好这座雪山的哨卡。

晚上睡觉的时候，我才理解"再苦不过边防苦"这句话的含义。该怎么形容雪山上的冷呢？虽然房子里生了煤炉，但那凡间的火苗在这片雪域上就像羸弱的芽苗生在干涸的土地上。边防站兼任炊事员的老班长让我们在棉被上多压些衣服，军大衣、绒衣、迷彩服，一层盖一层。

有时候，晚上你可以听见空气里既像风刮玻璃又像石子滚地的震颤声，班长说，那是高原上的山和山之间在对话呢。

我在站夜哨的时候除了和自己说话，和对面的雪山说话，就是和任排长说话。准确地说，是听任排长讲话。

任排长说，他有一个恋爱了4年的女朋友，他们一直坚持互相写信。站里一共有两部座机，一部是战斗值班室的专用机，另一部在站部。但山上信号不好，每次打电话，这高原上的风恨不得钻进电话线里，电话里总是刺啦刺啦地冒杂音。

任排长把写好的信一封封包好，等到每个月去山脚兵站接物资的时候，就把信捎到营区邮寄。而每个月接物资的时候，他就会收到捎来的回信。

我见过那些信封，我们都很好奇信里的内容。听说他女朋友是一名英语老师，会用英文写诗，我们这群兵蛋子都想看看他女朋友用英文写的诗——写给任排长的情诗。

一次，我又缠着任排长看他女朋友写给他的情诗。"下次，"任排长笑笑，"下次一定给你看。"

然后我就开始等待，等待下次任排长和我分享他甜蜜的幸福。可我没想到，等来的却是任排长牺牲的噩耗。

和往常一样，那天任排长带队下山接物资。这本来是一项再普通不过的常规任务，不料就在离边防站不到两公里的一处山路转弯处，发生了落石。

出事的时候，站里只有老班长一个人留守。我们正在离边防站不远的哨卡执勤，对讲机的信道里突然传出嘈杂声。因为信号距离过远，我们听不清对讲机里的讲话声。我们的呼叫得不到回应，正疑惑时，对讲机又发出声响，这次我们听清了，那是边防站巡逻时用的紧急求救信号。

"坏了，出事了！"领队的士官长说，"是任排长的对讲机。"即刻，我们把哨岗交接给留守的老班长，士官长带着我和另一名战士立马就往山下赶。到了山下，我们看见随同任排长一起执行任务的另外两名战士正趴在悬崖边上，腰上拴着急救绳，尝试着往崖下爬。物资滚落一地，周边除了碎石，还有几块断开茬口的巨石散落在周围。

"任排长掉下山崖了。"战士星星哭着脸汇报道，"我们刚走到这个山口，突然就从山上滚下了落石，任排长反应迅速，推了我一把，替我挡住了石头。任排长本来身上背的物资就比我们的重，他又冲得快，等我反应过来的时候，他已经被甩到崖下了……"

那时候我刚20岁出头，总觉得死亡离我很遥远，没法把任排长和"牺牲"这样的字眼儿联系起来。我从未想过，有一天死亡会像巨石一样砸落在我眼前。

任排长的追悼会是在他牺牲后的第二个星期六举行的。我们把他的所有东西都整理好，移交给接管的兵团干部。

兵团干部临走前说，任排长的父母就在山脚的兵站。原本两位老人坚持要看看儿子服役的哨卡，但海拔刚到3000米时，他们就出现了严重的高原反应，兵团的同志要送他们下去，他们不愿意，最后还是支撑到了山脚的兵站。任排长是家里的独子，他母亲在听到噩耗后，一晚上头发全白了。

回到营区后，我当过一段时间的收发室管理员。收发室的其他同志说，每周他们都会收到写给贡嘎山边防站的信件，收件人叫任华。这些信件堆在一起，时间长了没人来认领。

在那一堆过期报刊和无人问津的信件里，我找到了那些信，一共是22封。信封上的字迹很秀丽，收件人处统一写着：挚爱任华亲收。

我捧着那些信就像捧着一座雪山。这些信封里装的一定是我们揶揄任排长的那些英文诗，是我们一谈论起来，任排长就傻笑的雪信。我把这22封信收好，交给了连长。

一年后，我离开了边防团，再也没回去看过边防站和它守护的贡嘎雪山。

（摘自《读者》2022 年第 9 期）

第一封家书

蒋 平

父亲和母亲性格不合，从我们懂事开始，家里的争吵声就没有断过。一天深夜，我们又一次被父母的争吵声惊醒了。父亲的大嗓门几乎满院子人都听得见："既然合不来，那就好聚好散吧。老大归我，你明天就带着老二和老三离开这个家，永远不要回来！"随后是母亲哭着收拾行李，天还没亮，我和小妹就被叫醒了。从第二天起，我们正式在母亲单位的一间小阁楼里落脚。那一年，我刚满 10 岁，正在上小学四年级。

父母分居后的日子，我们是在单调、枯燥和惶恐中度过的。每天放学回家，我与小妹坐在圆桌旁写作业，不时四目对望，眼神里那种对大哥和父亲的思念，尽在不言中。一天过去了，两天过去了……两个月后，看母亲还没有一点儿与父亲重归于好的迹象，逐渐懂得察言观色的小妹也开始担心了："怎么办呢？我想爸爸，想大哥。"我说："光想有什么用，我们还是想办法去看看他们吧。"

小妹和我说干就干。我们每天放学后的第一件事，就是找机会到大哥的教室看他，同时打听父亲的最新情况。其实，大哥更想我们。父母在同一座城市工作，居所相距不远，要见面是很容易的事。尽管分居之后，母亲严禁我们去父亲那儿串门，也不许我们和大哥见面，但后来，每到星期天，不是我们找借口想办法打破"禁令"，就是大哥"偷越雷池"，跑过来跟我们"幽会"。

最初的"大本营"设在父亲的住处，分家的时候，许多东西来不及拿，包括我们的小人书箱，而我和小妹都是小人书迷，离开了那些书，就像丢了魂。大哥说："那些书反正我都看过了，每次来看你们时捎几本，过不了多久就全部给你们搬过来了。"第一个星期天，大哥捎过来的是一套当时很流行的日本电视剧《排球女将》的连环画。第六期的封面上，小鹿纯子爸妈破镜重圆的画面勾起了我对家事的伤感。当小妹读到纯子整天对着爸爸问妈妈的情景时，我们的泪水马上掉了下来。

"哥，咱们给爸爸写一封信吧。你看，纯子多聪明，用一封信就能感动她爸爸，让他向妈妈认错，他们最终破镜重圆了。"小妹一下子冒出这样一个想法。我觉得这个主意不错，当即跟大哥合计，大哥也连声称妙。接下来，我们将那个故事认真看了好几遍，一致认为，纯子之所以能打动她那倔强的爸爸，就是因为信末的那句话："爸爸，亮出你的胸怀，向着明天，迈出勇敢的一步吧！"

我将那句话毫无保留地"克隆"下来，从头到尾模仿纯子的口气炮制了一封信。从这两个月来对父亲和大哥的思念写起，一直写到母亲带着我和小妹的含辛茹苦，到我们的成绩下降，再到与大哥暗度陈仓"幽会"的酸楚和无奈。信写好后，我先念给大哥和小妹听，边读边改，直改到泪水模糊了我们三个人的眼睛，才让大哥把信捎给父亲。

信被捎走的第二天，是我们幼小的心灵最为忐忑不安、感觉过得最为漫长的一天。

那天下午，大哥赶到我的教室，给我打了一个手势，我便知道有戏。果不其然，大哥说父亲看了那封信，指定要我晚上过去谈谈。我就跟小妹串通好，让她先回家，对母亲撒谎说老师要给我补课。放学后，我与大哥快马加鞭，赶到那个熟悉的院子时，父亲已早早在门口等我了。瑟瑟的寒风中，表情复杂的父亲显得憔悴、疲惫，看得出，分居的这段时间他过得也不顺心。按父亲以往的火暴脾气，我已做好他大发雷霆的准备。但父亲见了我不是批评，而是少见的表扬："那封信是你执笔的吗？写得非常好，爸爸看了很感动。"

我鼻子一酸："爸爸，您去劝劝妈妈，咱们一块儿过吧。我们好想您，好想大哥啊！"

父亲的眼圈也红了："爸爸也想你们啊。我和你妈妈，我脾气大，她气量小，所以我们经常闹矛盾。其实每一回吵完我就后悔，为什么不让着她一点儿呢？"

到这个时候，我才知道，外表刚强的父亲其实内心也很脆弱。见父亲一脸犹豫的模样，我心里一动："其实，这次妈妈跟您吵架后也很后悔，她一直在等您给她一次解释的机会。今晚我能够过来，还是经过她允许的呢。"说这句谎言时，正遇上父亲殷切的目光，我顿感底气不足，汗水顺着额角直流下来。

父亲爱怜地为我擦去汗珠，一脸深情地望着我。我无声地望着父亲，父亲老了，皱纹多了，鬓发白了，却显得更慈祥了。良久，父亲用他难得的笑容打破了僵局："我很高兴，儿子，你终于长大了。爸爸答应你，这个星期天，就和大哥去接你们！"

那一刻，我感觉父亲已不再将我看作他的儿子，而是把我当成一位挚友、一位知己。他用慈爱的眼神跟我进行一种无声胜有声的交流，又似在倾诉一段鲜为人知的往事。他已从倾诉中得到最舒心的解脱。他一直紧紧地将那封信攥在手心，那封信肯定被他看过很多遍，纸角已被摸得有些皱巴。父亲的眼神里，似乎在回应着我们的请求："爸爸，亮出您的胸怀，向着明天，迈出勇敢的一步吧！"

星期天一大早，母亲和我们蜗居的小杂房前，出现了父亲和大哥的身影。

母亲显然还未从伤心的往事中反应过来。一见这阵势，就找个借口走开了。父亲望了我和大哥一眼，当即交给我们一元钱："你们俩，学着到市场去买一斤肉和一些小菜来，爸爸中午要在这儿给你们做饭吃。"这天中午，我们兄妹仨又品尝到了父亲出色的烹饪手艺，但母亲没有回来，气氛非常沉闷。一直到晚上，也不见母亲的身影。父亲辅导我们做完作业后，就在小阁楼睡下了。到第2天早上，我们还是没有看见母亲的身影。

父亲见情形不对，就领着我们四处去找。先是去母亲的工作单位找，又到亲戚家找，最后终于在母亲的同事奉姨处找着了"避难"的母亲。父亲没有开口，而是向我们努努嘴，使了一个眼色，我们就按计划将母亲围了个严实。

我说："妈，爸来向您认错了，我们一起来接您回家！"

小妹说："爸爸做的菜真好吃！我要爸爸！我要大哥！"

大哥说："我要和弟弟妹妹在一起！妈妈，我想您！"

可以想象，父亲制造的那一颗颗催泪弹的巨大威力。在我们的声泪俱下中，奉姨一家人也感动了，纷纷劝母亲，母亲的"铁石心肠"在泪雨纷飞中当场就软得一塌糊涂。

直到很久以后，我才感觉到父爱那种博大的包容。父亲从一开始就听出我那句母亲后悔的话纯属谎言，因为他太了解母亲了。她是一个不肯轻易低头认错的人，更何况在那个动气的节骨眼儿上，委托我去道歉，根本是不可能的事，但父亲还是接受了一切。母亲后来问他："既然你听出是谎言，为什么还要相信呢？"父亲说："我没有相信谎言，我相信孩子们的爱。"

（摘自《读者》2022 年第 9 期）

一场不到五百元的婚礼

邢 颖

1

清早，我提着夜壶去公共卫生间。这天起晚了，在楼梯拐角处遇上熟人，我忙低下头快速走过。

我和男友黄源在城中村租了一个单间。那时，我们在一起不久。我在一家杂志社工作。为结束异地恋，黄源辞掉老家县城的工作，在郊区一家化工企业从室外工人做起。选择租住在城中村，是考虑到这儿离我单位近，房租也便宜，一年只需 6000 元。

为省钱，我们每日自己做饭。黄源从公司到家要一个多小时，我先下班回家，去附近的菜市场买菜，在家里做好饭等他回来。他是典型的陕北人，喜欢吃面条。内容单一，我就在形式上下功夫，夏天做凉面，冬天做汤面，最后撒上香油、麻酱、葱花，面条素朴，但他总是捧场地吃上很多。

饭后，黄源主动洗锅刷碗。我们俩偶尔会奢侈一把，花三四十元钱去看电影，更多时候我们窝在家里趴在电脑前追剧。

房子没有暖气，冬天要生火炉。冬天最令人开心的是能在火炉上烤红薯。我躺在被窝里写稿子，黄源蹲在炉子前翻着炉膛里的红薯。红薯在炉膛里绽皮，内里渐渐变成蜂蜜般的黄色……烤熟了，我们像两个孩子，围着火炉吃烤红薯，在生活里苦中觅甜。

2

认识黄源，是在我失恋后不久。

2011 年，我 21 岁，大学毕业，两年的爱情也毕了业。虽是和平分手，但那段时间，我会整晚失眠。

朋友看不下去，对我说，想要从失恋的痛苦中走出来，最好的方式就是重新找个人谈恋爱。我迫切渴望结束眼下痛苦的状态，当即答应。她向我介绍了黄源。

黄源大我 5 岁，大学学历，家在农村，在县城油田上工作了好几年。这是朋友告诉我的信息。

这年 7 月，我和黄源在网上聊了一阵后，约在车站见面。黄源从县城出发，坐三四个小时汽车来市里。我在出站口的座椅上等他，一直到中午十一二点，我才收到黄源发的短信，他下车了。

我一眼就认出他来，和照片上差别不大：一身蓝色运动装，皮肤黝黑，戴一副黑框眼镜，头发垂到耳际，整个人看起来有点儿不修边幅，我心中不免有些失望。

见面后，两个人都饿了。黄源问我想吃什么，我说随意。他径直走进街边一家凉面店，点了两碗凉面，一碗7元钱。第一次约会，我难免期待去浪漫的西餐厅、有鲜艳的玫瑰花，和预期有了落差，我囫囵吃下凉面，也不记得是什么滋味。

第一次见面，他对我的评价也中规中矩："个子不高，长相算不得漂亮但看着舒服，年龄不大但思想成熟有素质。"像上学时，同学在品行栏写下的平淡而敷衍的评价，看不出是什么态度。

我和黄源继续在网上和电话里有一搭没一搭地聊着。8月，听闻我周末要从单位宿舍搬到租住的房子，黄源从县城坐车来帮我。黄源跑前跑后一下午，日头毒辣，我注意到他被汗水浸湿的后背。房子收拾停当后，天色也晚了，我送他去公交站，他得赶车回县城。

我到家没一会儿，门外传来敲门声。黄源回来了，手上还提着一个粉色的暖水壶："看你房间没有热水，有个水壶方便些。用水壶时别烫着啊。"我有些意外，一时愣在原地，来不及反应，他再次匆匆跑下楼。

见面之初，黄源就曾直截了当地告诉我，他想结婚了，而当时的我想的只是和一个喜欢的人谈恋爱。认识半年，黄源向我表白过，我没同意，但也没和他断联系。我觉得自己挺坏的。我告诉自己，这个黄源并不是我想要嫁的那个人，我只是在寻求安全感，想有人在身边。

那次搬家后，我们联系的频率高了些，每两三天通一次电话。但有一天，我一整天没有接到黄源的电话和消息。

第二天一早，黄源打来电话，喘着粗气对我说，他在山上。他是跑到一个山头找了好久信号才给我拨通电话的。原来，这几天，他回了山里老家，山里信号不好，家中又没有无线网，所以电话打不通、信息发不出去。

2012年春节，我们一起搭火车回他老家。那一趟行程中，火车很慢，黄源的话很长。

黄源说，小时候他们一家人借住在邻居家，有一年，正值冬天，却被邻居赶了出来。那时候他就下定决心要好好读书，给家里盖房子。黄源大学读的是化工专业，毕业后在内蒙古的一家油田找到了第一份工作——石油勘测。2011年，工作3年后，他用积攒的十几万元工资给家里盖了4间房子。那4间水泥墙面、外墙粉刷成淡黄色的房子，在老家满山的窑洞中很是气派。我疑惑，用十几万元在老家建房，太不值了。黄源却说，为了父母，他不后悔。我被打动了。

没过多久，我和黄源在一起了。

3

城中村里多的是年轻情侣，大家都将疲惫的身体和灵魂安置在20平方米左右的空间里，为未来省吃俭用，积攒筹码。

2014年，我因病住院，需要卧床休息，四肢活动不便，黄源在医院陪床，给我做饭、梳头，还帮我洗脚。他没扎过辫子，手指温柔而笨拙地穿过我的头发，最后扎好的头发依旧凌乱不已。我心里嫌弃，又暗暗觉得感动。

2014年8月，一直努力的黄源升职了，月薪也从6000元涨到10000元。同居一年多，我们的感情渐渐稳定。黄源的家人一直催婚，我们也做好了结婚的准备。只是当时，黄源的父母没什么钱支持我们办婚礼，我们手上也没多少积蓄。于是，我们决定，婚礼一切从简。

拍完婚纱照，我们去添置婚礼用品。我在婚纱店看中一件抹胸婚纱，一问价钱，1200元，我去试衣间将婚纱脱了，拉着黄源转身就走，最后我花200元在网上租了一件婚纱。黄源选好一款戒指，7000多元，我对首饰兴趣寥寥，也想给黄源省些钱，最后买了一对80元的银制戒指作为婚戒。我又在一家正在打折的鞋店里挑了一双红色高跟鞋，150元。黄源的西装、鞋子也挑的是便宜的。

婚礼当天，婚车载着我们，从我家直奔黄源家。车子在小镇上停了下来，接亲的人说，婚宴就设在镇子上的饭店里。

下车后，我眯着眼睛搜寻，一家砂锅店门前响起的鞭炮声让我回过神来——店面黑不溜秋，两边是灰暗的各式杂货店。我看到，公婆就站在店门口招呼亲戚。原来，我们的婚宴要在那里举办。

我愣在原地，有那么几秒，我甚至是气恼的。我家的亲戚都在，送我到婆家的家人站在店门外，舅舅和舅妈面贴面地说着悄悄话。黄源站在车的另一端，看看我，再看看砂锅店，眼睛湿润了。接着，他走过来，垂着头紧紧握着我的手。我说不出一句话，只好把所有的不悦都收了起来。

砂锅店店面窄小，光是黄源的一帮亲戚就坐满了。原本大堂式的小店，临时用木板做隔断分出的包间里，总共放置了十几张桌子。来参加婚礼的亲戚，围在桌前你一言我一句地说着。正值冬天，砂锅店没有暖气。人多店小，只能一拨人吃完换一拨人再吃。

心照不宣地吃了饭，我端着饮料，黄源举着酒杯，挨个儿给三姑六婆敬酒。宴席结束了，这场人生中唯一的婚礼，就此结束。

当晚，送走亲戚朋友，我质问黄源，为什么要将婚宴设在一个砂锅店里。他父母还在隔壁，我尽量压低自己的声音。黄源说，婚宴是他爸妈一手操办的，老人家想省钱，又没经验，等他知道时已经来不及重新选择了。吵闹一番后，我哭了，黄源也哭了。我觉得委屈，黄源觉得愧疚。

哭完了，也累了，睡前，他抱着我说："这是我一天里最安稳的时刻了。"我无法再生气，转而选择相信他，也暗暗告诉自己：好日子在后头，我们有的是时间。

4

婚后不久，我们搬离了城中村，在一个环境不错的小区里租了一个单元房。虽说房子是租的，但总算有了家的模样。

婚后，为了尽早拥有自己的房子，我和黄源都拼命地工作。他有时需要住在公司，有一回半个多月没回家，我便常去他公司宿舍看他。一天晚上11点，我在宿舍还没等到他下班，便给他打电话，他说厂里出了状况，他们在做紧急处理。凌晨2点，他回到宿舍，看到他被黑煤熏得看不清眉目，衣服上也都是煤灰，我"哇"的一声哭了出来。

我跑到跟前要帮他擦脸，他一把推开我："我身上脏。"我哭得更凶了，不顾他的阻拦，用力地抱着他。

2017年年底，我们买了人生中的第一辆车。不久后，我们用所有积蓄付了市区一处房子的首付，虽然地段不算好，但终究是有了自己的房子。

2018年，我发现自己怀孕了。那天黄源在公司加班，我跟他通视频电话，告诉他这个好消息。通话时，我的眼泪不住地往下掉，他也红了眼眶。怀孕后，我在家待了很长时间。每日下班时间，我会给他发微信："老公，想吃什么？"他最常回复的是："面条。"

毫无意外的答案。我将土豆、胡萝卜、香菇切丁，将鱼丸切成小圆片，和肉丁一起炒制，做成臊子，连面一起下锅，这是烂熟于心的程序。外面正下着雨，水开了，面的香味在屋子里浮泛起来，我等的人也快回来了吧。

（摘自《读者》2022 年第 24 期）

守 护

王宏甲

1

　　我该怎么介绍贵州毕节的这条"挂在悬崖绝壁上的公路"呢？

　　贵州高原之巅也称乌蒙之巅，这里有两座山峰，名字分别叫小韭菜坪和大韭菜坪。小韭菜坪的主峰海拔 2900.6 米，是贵州的最高峰。大韭菜坪的主峰海拔 2777 米，周围被万亩草场环绕。在民间传说中，大小韭菜坪是一对情侣，小韭菜坪阳刚苍劲，大韭菜坪具有母亲般的博大胸怀。这里是世界上面积最大的野韭菜花带，登高远望，能俯瞰赫章、威宁两县的群山。远山如浪，与天相连。我要介绍的这条"挂壁公路"的尽头，有个石板河村，它就在大韭菜坪的山脚下。说是山脚下，可石板河村的海拔超过 2000 米，是个被封闭在大山里面几乎"与世隔绝"的村庄。

截至 1999 年，全村 416 户 2080 人，有 386 户还住在茅草房里。环山而居的村民或 5 家或 8 户，自成一寨，散居于山麓。村党支部书记王连科站出来，把散落山间的村民组织起来，历经艰辛，凿通了这条出山的路。

"村支书王连科呢？"我问。

"为修这条路，积劳成疾，累死了。"赫章县白果街道办主任周遵龙说。

接着，我听到了另一个名字：殷开举。

"打开山门！"我还听到这句犹如来自神话中的豪言壮语，感觉有一种声音在心中激荡回响。据说，"打开山门，造福子孙"这 8 个字是退役军人殷开举说的。"殷开举呢？"我问。有人回答："牺牲了。"

我是来探访挂壁公路的，我了解了这个人穷志不穷、可以叫悬崖绝壁让路的村落……但我没想到，从那条挂壁公路探访回来，我最难忘的是筑路英雄殷开举之妻那总是带着微笑的沧桑的面容，以及全村人对她的尊敬。

2

殷开举的妻子叫史洪琴，是一个从山外嫁到石板河村的女子。

史洪琴的娘家在山外的独山村，虽然那里也是个普通的村子，但隔着这道悬崖，和石板河村就是两个世界。她 20 岁就嫁过来了。"当初嫁到这里，路上就吓坏了，送亲的人都说下次再不敢来了。"她说自己到这里才知道，村里的女孩多往外嫁，男孩找媳妇非常难。史洪琴说，她嫁到这里后，村里人对她都很好。

20 世纪 90 年代，村里中青年大多外出打工了，老年人病重，妇女难产，谁来帮忙抬出去？就在村民情绪最低落的时候，村支书王连科站出来说："不能等死，大家要开一条出山的路！"

一句话让大家振奋了起来！就在那个夜晚，干部和村民聚在一起，开始讨论。村支书说："要开就要开一条能通汽车的路。"从哪里开出去？大家都觉得从山顶不行，从山底下的山涧里也不行。"就从村前的崖壁上凿一条路出去，行不？"最后大家都说，只要干部把大伙儿招呼起来，豁出命也要把路修通。

那晚的事情史洪琴记忆犹新。她回忆说，那天晚上，她没说话，只是听。大伙儿讨论着，她就想，丈夫要回来了。

果然，她的丈夫第一个回来了。她高兴啊！丈夫在浙江打工，接到村支书的电话就回来了。这个被悬崖挡在后面的村庄，直到20世纪90年代末都无电、无路、无医疗室，但在20世纪50年代就有了小学。殷开举在本村读完小学，后来去西藏当兵，并在部队入党。史洪琴记得，丈夫协助村支书一个寨子一个寨子地去动员，记得丈夫在马灯下给村民开会时说的话："大家不要怕，修好了路，造福下一代。"

她从未觉得自己嫁到这个村子受了委屈，她听到殷开举这个名字就感到自豪。她相信丈夫。她跟娘说过，自己这辈子嫁给开举是幸福的。即使开举外出打工，她一个人带着孩子等待他归来的日子也是幸福的。现在丈夫回来了，把这条路修通，日子就会大不一样。

"开举在部队锻炼过，把群众组织起来，他发挥了很大作用。"村主任唐仁文说。就在1999年11月，公路开工了。我小心翼翼地问起开举遇难的事。唐仁文说："每次进场施工，开举都是走在最前面的。那天进场，谁也没料到头顶上的大石块突然落下来，开举一下就把走在他两边的两个人猛力推开，大石块从他头顶砸下来……"

这是修路的第 7 天。大伙儿不让史洪琴去看丈夫血肉模糊的遗体，但是没人能拦得住她。所有人都安静下来，被她那山涧细流般的哭泣震撼。当天，镇党委书记安勇就带着几名干部来慰问她，送来了镇政府给的 3000 元安葬费和 500 斤玉米。更让大家震撼的是，第二天，她便出现在工地上——她是来修路的。

"你来干啥？"村支书很惊讶！这不是在村里种地，这是将粗麻绳系在腰上从悬崖顶上吊下去，悬挂在崖壁上施工……可是她说，她要把丈夫没修完的路修完。

3

"天塌了，修路的决心不塌！"

这句话不是史洪琴说的，是村干部向上级汇报殷开举夫妇的事迹时说的。

"天塌了！"史洪琴确实这样说过。丈夫属兔，这年才 36 岁，比她大 2 岁。在这座悬崖上干活，回家单程要走一个半小时，为节约时间，男人们在工地上吃住。女人们每天来崖底，把装着苞谷、马铃薯的竹篮系在男人们放下来的绳子上，然后大喊："拉上去！"史洪琴一个女的，怎么能在这里干活？

她流着泪说："我每天都会回家。"意思是她不会给大家添麻烦。她家里有两个孩子，一个 9 岁，一个 7 岁。家里还养着猪。这些都需要她回家照顾。她自身面临着这么多困难还要修路，简直是不可思议的事。"不行！"村支书和村主任都不同意她来修路。可是，没人能阻止她。开这条路，村里是把任务分到户的。殷开举去世，村里把他家的任务取消了。

可是史洪琴不答应。"我还在。"她说,"我虽然很痛苦,但我要完成开举的心愿。"

殷开举不在了,也许,接替开举做他没做完的事,是她抵抗痛苦的唯一方式。也许,一个人对另一个人的爱,在那个人不在时会体现得更加充分。她就这样开始了她的征程。每天她都是天蒙蒙亮就起床,给孩子做好饭、备好猪食,然后嘱咐大儿子带着小儿子去上学,放学回来要喂猪。做完这些,她带上自己的午饭去工地。傍晚,她一个人走回家。去时花一个半小时,回来再用一个半小时。我根本无法想象一个女子日复一日在晨光暮霭中独行于荒山野岭的情景。

她说:"开举说过,不要害怕,要勇敢地参加,大家一起把路修好。"

一年多后,史洪琴的两个儿子也长高了不少。那个暑假,儿子不让她每天来回跑,做好饭后送来给她吃。这个 2000 多人口的村子,有 700 多人参加修路。工程分 3 个路段同时进行,每个路段都红旗招展,热火朝天。在攻坚阶段,凌晨时分大家还在挂着马灯凿石壁。想象一下,那是怎样的悬崖筑路图。

从 1999 年 11 月到 2002 年 6 月下旬,历经 900 多天,史洪琴完成了殷开举名下的任务,又参加了最后路段的集体攻坚,直到整个工程全部完工。

4

故事至此该讲完了吧,可是史洪琴对孩子说:"你们俩的爸爸决心在家乡盖房,房子还没盖好,人就走了。我们再苦也要把房子盖好。"殷开举去世后,她家就成了贫困户,哪里还有钱盖房?她抚养着两个儿子,让他们在白果镇读完初三，然后 3 人一起去浙江打工。

母子在外打工 5 年，没回乡。很多人劝她改嫁，不要回老家那穷地方了。她不答应。在外过完第 5 个春节，她郑重地对两个孩子说："你们长大了，要记住，你们的爸爸是光荣的。我要先回去，把你们爸爸的碑立起来。你们兄弟继续在外面辛苦挣钱，回来建房。"临别时，她再次对儿子说："记住爸爸，要有志气。"

她独自回来了，看到曾经建到一半还没封顶的房子被埋在很深的荒草里。她坐在房前的坡地上一个人痛哭了一阵后，便开始除草。开春，她把承包的 5 亩地全种上了，还养了 9 头猪，最多时养了 11 头猪。她心里只有一个信念：一定要把丈夫想建的房建好，给村里人做榜样。

这个夏天，我看着眼前史洪琴沧桑的笑容，不知该用什么语言来表达我对这个乡村女子的崇敬。她让我感到一个村庄也是有史诗的，这条挂壁公路就是这个村庄的史诗。她让我看到，她的丈夫是有理想和人生目标的。虽然殷开举没有被评定为烈士，但村里人都知道开举是为修路而牺牲的，而史洪琴是在以一个妻子的身份，用半生的坚韧和辛劳，守护着丈夫的光荣。她让我想到，一个家庭，一个村庄，一个民族，都有需要守护的光荣。一个不知爱惜、不知守护、不会捍卫先辈光荣的民族，是没有未来的民族。

这个夏天，我去拜谒了殷开举的墓。殷开举去世后，史洪琴将镇里给的安葬费留给孩子读书，所以那时只起了坟，没有立碑。史洪琴挣钱回来后，郑重地给丈夫立了碑。那天，我看到史洪琴站立在丈夫碑前那沧桑的微笑，我确信，我从中看到了希望的光芒。

（摘自《读者》2022 年第 13 期）

被母亲逼着搬出去住的那些天

明前茶

　　在他生日那天，母亲招待他吃了一顿大餐，跟他进行了一次严肃的谈话，勒令他搬出去住。他的脑门上仿佛打了一个焦雷。彼时，他已经在本市读了 4 年大学和 3 年研究生，并且已在本地找了一份工作。父母在江北买了滨江公寓，可以目睹长江滚滚而过。天气晴朗时，他偶尔还可以看到江豚的脊背在水面上翻滚。而他工作的地方在长江南岸，每天通过过江隧道往返，单程有近 30 公里。他已习惯了母亲每天开车接送他。他这一代独生子女都有一种理所当然被父母照顾的心态，反正母亲上班的公司也在长江南岸。因此，当母亲严肃地说"我不能再伺候一个好像永远长不大的高中生"后，他感到自尊心受到了深深的伤害。

　　他赌气，立刻联系中介小哥找了房子，拿出他所有的压岁钱，支付了3 个月的房租和保证金后租好房，然后从家里搬了出去。他记得搬家那天，母亲正好在外地出差，父亲去医院陪护外公，他连一个可以示威的对象都没有。

他在单位附近租了一套 20 世纪 90 年代建的老房子，房龄比他的年纪还要大。装潢与家具都十分老旧，每个月的租金倒要 3500 元。搬完家，他将所有的日用品和衣物归位。他只躺在床垫上叹了 10 分钟的气，就立马出门了。他必须立刻去家具大卖场买转椅，买晾衣架，买鞋柜，否则他就只能坐在房东留下的塑料凳上工作，脱下的外套只能放在床垫上。

他万万没有想到，3 天后，家具大卖场的商家快递过来的所有家什都是散装零件。他必须再买一个工具箱，用螺丝刀和扳手将它们一一组装起来。他依稀记得上一次用到十字起子，还是小学五年级时参加航模组。当他费了九牛二虎之力，出了一身汗，终于把晾衣架和转椅都装好，他感到前所未有的骄傲，不由自主地拍了照片，发到微信朋友圈去嘚瑟。结果，他受到在大洋彼岸留学的同学的一致嘲笑。正在读博的同学告诉他，自己曾手持冲击钻安装过床、大衣橱和厨房吊柜，而最近的成果是安装了花园外面巴洛克风格的镂空大铁门。

他受到了善意的鄙视，但他因潜能被激发而产生的骄傲并没有因此削减半分。他生平第一次搞清楚了洗衣液与柔顺剂的区别，搞清楚了滚筒洗衣机上十几个按钮的不同含义（在上大学的 7 年里，从袜子到床单他都打包回家，由母亲清洗）。如今，离开了母亲的呵护，他不得不亲手打扫卫生，亲自洗碗、擦拭灶台和油烟机表面，把地拖干净，徒手把浴室下水道中堆积的落发掏出来。他学会了熨烫衬衣，擦皮鞋，拆洗窗帘。当他发现所有的纱窗都可以卸下来，用浴室的花洒冲洗时，他惊讶极了。房东家里脏兮兮的纱窗终于显露出淡蓝色的原貌，他闻到了外面的春风，夹杂着柳絮、繁花的气息。

他的视野被充分打开了。之前说到手机上的应用软件，他只知道那些可以看视频和玩游戏的 App，而现在，他开始在购物类应用软件上关心菜价。公司里"80 后"小姐姐们聊天时，他也插得上嘴了。当小姐姐们了解到，咫尺之内还有一位会使用蒸汽熨烫机和五金工具箱的"宝藏男孩"时，纷纷表示要为他介绍对象。

时间过得很快，转眼间他被母亲赶出来满两年了。他意识到自己对时间与金钱的认知都发生了深刻的变化。之前，母亲揽下了所有的家务，在双休日，他能赖床到下午 2 点；而今，即使在周末，早上 7 点 30 分，他身体里的闹铃就响了。他知道早市的蔬菜水果最新鲜，而厨余垃圾早上的回收时间最晚是 9 点，最好赶在 9 点之前将垃圾送到回收点，否则家里容易滋生蟑螂。他的作息正常了，早睡早起，一年居然可以读 20 多本书，还通过了注册会计师考试。如今，他交着每月 3500 元的房租，靠替别家公司兼职做账，攒下了人生的第一个 20 万元。他终于意识到，未来买房是自己的责任了。

他偶尔还回父母家去，但是那种微妙的尴尬似乎尚未完全消失。母亲一如既往地招待他，知道他新交了女朋友，听他讲述工作和感情生活的进展，但从不过问他的生活细节。他一直想对母亲之前 25 年的照料表示感谢，但他一直拖着，迈不出对自家人说体己话的这一步。直到有一天，他在父母家厨房的吊柜里发现了母亲的日记。鬼使神差地，他翻到了两年前，母亲逼自己搬出去住的那些天的日记。母亲写道，自己争取了出差任务，躲了出去，是生怕目睹独生子搬家的场景会掉眼泪。她怕自己是一只溺爱孩子的老鹰，舍不得作出将儿子啄离的决断，把儿子这只本可展翅翱翔的小鹰，圈养成不舍离巢的肥胖家禽。

他吃了一惊，急速地往后翻，终于发现一桩母亲没有告诉他的事：为了习惯他搬出去住的这种变化，她吃了整整 3 个月安眠药。而她在儿子面前表现出的，却是一副如释重负的轻快感。深谋远虑的中国父母，从来都控制着自己的真情实感，坐等孩子去发现与感悟。他们受《傅雷家书》的影响实在是太深了。

（摘自《读者》2022 年第 1 期）

我窥见无数家庭的悲欢往事

刘小云

一年前，26 岁的小胡误打误撞成为一名影像修复师，专门替人修复老照片和录像带。

这一年里，他修过的照片和录像内容五花八门：摄于清朝的老照片，数十年前的婚礼录像，走失的孩子的照片，过世老人的遗像……每一张老照片或一段录像的背后，都是一个故事。

小胡坦言，起初入行只是为了赚钱，但与逝去的时光对话的过程，却无数次打动了他。那些照片和录像中包含的笑容、眼泪和思念，让他逐渐意识到这份工作的意义所在——留住回忆，我们才能拥有生而为人最宝贵的财富。

修复记忆的人

这是一个来自山东烟台的包裹。13 张光碟，2 盘录像带，被胶袋和泡沫纸裹得严严实实。

小胡拿剪刀拆开层层包装，简单清点了数量，然后选了一盘录像带，按下播放键。

录像带右下角显示的拍摄时间是 2001 年 3 月的某一天。画面中央，产房门打开，镜头剧烈抖动了几下，似乎是爸爸手持数码摄像机在产房门口记录宝宝的降临。受到岁月侵蚀，画面已经不太清晰，雪花密布、播放卡顿是常态，有些片段甚至已经彻底白屏。

一个星期后，小胡把 10 多张光盘初步修好。他按照拍摄年份将视频导入 U 盘，依次检查画面是否清晰，这个过程，也让他窥见了一个家庭过去 20 年间的温情时刻：

一个襁褓中的婴儿，从牙牙学语到跌跌撞撞学会走路，后来上了幼儿园，又上了小学，个头慢慢超过妈妈……一点一滴的成长被爸爸的镜头悉数捕捉。家人们给他过生日，教他骑自行车，记录他第一次做家务的模样……小胡觉得很神奇，像看电影一样感受岁月给一个家庭留下的痕迹。客户收到货后，千恩万谢，小胡也终于能抽身投入下一个作品。

说起做影像修复师的原因，小胡觉得这是个意外，就和生命中的很多其他事情一样。

2021 年年初，他偶然间在网上刷到一个视频，视频里，女孩子给爸爸看去世的爷爷的照片，照片变成了动图，爸爸鼻头一酸，红了眼，评论区的网友也纷纷在怀念故去的亲人。

小胡觉得很感动，他想知道这是怎么做出来的。经过一番研究，他发现影像修复是个很冷门的行业，国内专门从事这一行的人很少，只有在刑侦断案等影视作品里，才能看到经验老到的公安专家根据一条皱纹复原影像。但若稍懂 PS 技术，也可以根据作图软件和工具模拟出人物的形态，只不过做不到十分逼真，人物的立体感也会稍差一些。

小胡决定试一把。不少作图软件都是国外的，密密麻麻的英文对学历不高的小胡来说，无异于天书。他只好硬着头皮逐个查阅单词，琢磨了一个星期，才弄懂怎么"复活"一张照片。

小胡兴奋地把修复照片的过程拍成短视频发到网上。没想到，视频火了，播放量超过 100 万，粉丝数噌噌地往上蹿，私信里都是问他能不能帮忙修图的。

第一位来咨询的网友是个大姐，她想把她奶奶的黑白照片修成彩色的。小胡用不熟练的技术一点点复原，忙活了一个多小时，最后收了大姐 100 元。对方连连道谢，发来的语音已经带着哭腔，称赞他是个有良心的博主。

不一会儿，又有人想要把自己已去世的爷爷的照片做成动图。订单纷至沓来，小胡忙得团团转，手机就没停过响儿。晚上，小胡躺在床上盘点，发现自己第一天就净赚 900 元。看见了其中的商机，小胡决定走上职业之路。

"留个念想"

随着找上门的客户越来越多，小胡也见识了各种各样的老照片。

他收到的年代最久远的照片，是一张清朝的人像照，起码有 100 多年的历史。图片里的老爷子留着长辫子，穿着大马褂，足蹬长筒靴。虽然相纸已发黄、卷边，人脸也看不清了，但老爷子个头很高，隔着屏幕也能感受到他气度非凡。照片是一个安徽网友寄过来的，据说照片中人是他爷爷的爷爷，当年从河南逃难到安徽时留下的影像。

对于这类"面目全非"的照片，小胡只能保证尽力还原。"肯定和真人还是有差距的"，他在开工前都会提前和客户沟通，担心最后修出来的与实际不符，客户心理落差太大。对方回复说没关系，留个念想就好。

留个念想，这也是绝大多数客户的心声。在小胡收到过的照片里，99%的主人公已经离世。有些人一辈子就只留下了身份证上的一张照片，还有些人甚至没留下任何影像，后辈来小胡这里"无中生有"，想让他按照自己的描绘画图。

许多离开的老人都是同一个年代的人，他们出生于抗战时期，一辈子经历了普通人难以想象的磨难，几乎没享过几天福。看着这些和自己的爷爷奶奶差不多年纪的老人，小胡总会回忆起自己在爷爷奶奶身边度过的童年时光。

除了老人的照片，小胡也经常收到一些孩子的照片。

第一次收到孩子的照片时，小胡看时间不算久远，便好奇地问对方，怎么不拍些新的照片？客户回答，孩子走失已经6年，没有新照片了。听到这个回答，已为人父的小胡瞬间如鲠在喉。电话那头渐渐泣不成声，悲伤并没有随着时间的流逝而减轻，反倒成了父母生活里永远的伤口。这对父母告诉小胡，他们能活到现在，全凭"找回女儿"的信念在支撑。

还有一次，小胡接到一个"奇葩"的需求，对方给他发了一张小孩子的背影，问小胡能不能用技术把孩子的头转过来。他听得莫名其妙，以为对方是来捣乱的，准备用两句话把她打发走。

结果那位母亲操着一口方言，说起了事情原委。她的孩子得白血病去世了，她很后悔生前没有多给孩子拍几张照。悲伤再次在小胡的心中蔓延，他无法让小女孩回头，只能默默听那位母亲讲述小女孩来人间的短短3年：宝宝特别乖，每次化疗都不怕疼，只要有好吃的就不会哭……无力感不止这一次。还有一回，小胡收到一个四川客户的微信，问他会不会修手机。对方发来照片，图中是一部10多年前出厂的"诺基亚"牌按键手机，样式十分老旧。小胡好奇地问，这部手机这么老了，为什么要修它？隔了一会儿，小胡看到对方发来一句话："里面有我女儿的最后一张照片，汶川大地震的时候她去世了。"

电脑前的小胡沉默了，他觉得自己什么也做不了，沉重的歉意涌上心头。

千奇百怪的录像

修复照片的故事大多是悲伤的，小胡尽量不让自己沉浸在这种情绪里。

干这一行是为了赚钱，他无数次这样告诉自己。于是，当有网友问他能不能修复录像带时，他爽快地答应了，筹划着给自己的小事业拓宽业务面。

有一个粉丝是1995年出生的东北女孩，她说自己的爸妈1993年结婚时，请了当时刚开始流行的婚礼摄像，记录下了这个珍贵的过程。然而，时间过去这么久，录像带受损严重，女孩一次也没有看过，她不知道该怎么再现，便问小胡能不能帮忙修复。

小胡让她把录像带寄过来试试，研究捣鼓了一阵儿，竟复原了百分之八九十。他清晰地看到，录像里是当时已经高度城市化的东北街头，接亲的队伍很长，路上车水马龙，一片繁华景象。

经过女孩同意后，小胡把这段视频放在网上，收获了诸多好评，也勾起不少人的回忆。找他咨询视频修复的人多了起来，在小胡看来，比起照片，大家更愿意修复一段视频，视频时间长，人们会觉得更划算。他自己也更愿意接修复视频的单子，因为主题大多是老人过寿、年轻人结婚，比较轻松喜庆，他可以边修复边欣赏。

同时开展照片和视频的修复业务后，小胡发现，和照片相比，视频可追溯的年限较短，而且时间跨度几乎与他的成长轨迹重叠，这让他经常代入"我当时如何如何"的回忆：视频中孩子们戴的南瓜帽原来全国都流行；他们骑的四轮自行车，自己也有一辆；美丽新娘的粉红蛋糕裙，小姨出嫁时也穿过；加入世贸组织后的中国，在大时代里弥漫着青春的朝气……

小胡说，他收到过的录像以 2000 年到 2008 年之间的居多，许多录像的主题都是乡镇婚礼。当时有些地方还有婚闹的陋习，他接到过一个河南客户的要求，让他把视频里"男方兄弟们轮番掰开新娘子的嘴往上凑"的那一段剪掉，理由是"现在老婆看了都受不了"。这样的视频还不在少数。

一直以来，他只把修复影像当作工作，就像销售、厨师这些他从事过的职业一样。但事实证明，当影像承载了过多个人感情，很难有人不动容。

见证人间悲欢

"小胡修片儿铺"刚开业的时候，小胡有过几次因同情心泛滥而被骗的经历。当时他秉承着君子协定，货到付款，内容修到对方满意再收钱。不少人让他反复修改几次后，便拿着照片消失了。他从此看透人间冷暖，决定不再轻易相信社交网络上添加的任何一个人。

"没钱不要多废话"，这是小胡多年混社会的原则，但这份工作中一些温情的时刻，却屡屡让他打破自己的原则。

3个月前，他加了一个10多岁的小女孩。那个女孩发来一张她父亲的照片，一上来就对小胡进行长长短短的"语音轰炸"，大概意思是，爸爸去世了，妈妈跟人跑了，她和奶奶相依为命，生活得很辛苦。她想要一张爸爸的动图，问小胡能不能先做好，等下个月他们拿到低保，再付给他钱。

小胡见惯了卖惨，本想直接忽视，但鬼使神差地，他点开了女孩子的头像，高眉大眼，肤色深，高鼻梁。他问小女孩是哪里人，对方回复说是大凉山的。他再问小女孩，低保每个月能领多少钱？女孩回答，2700元。小胡又试着发去转账信息，看到核验名字的最后一个字是"木"字，前面还有3个空。

他基本确定了姑娘来自大凉山的事实。他心软了，免费帮她做了张动图，女孩发来语音，一个劲儿地说"谢谢哥哥"，这让小胡既感动，又有些愧疚。

他慢慢领悟到，在真情面前，赚钱并不是唯一的意义。他曾接待过一位男士，那个人先给了他一张50多年前的军装照，他费了半天时间修好后，隔天又收到第二张、第三张。小胡好奇起来，问对方，你们家是不是军人世家，怎么会有这么多军人？

男士回复，这些不是他的家人，而是参加过抗美援朝的老兵。这些老兵已经去世了，他想让后人记住这些为祖国奉献了生命的青年，准备办一个展览，可惜有些照片已经陈旧到看不清脸，只好找专业的修复师来修复。

小胡听完，又认真看了看之前那几张照片，问对方，这些老英雄拍照时都多大年纪？男士说，十八九岁吧，最大的也就二十四五岁。

　　大概是因为经历了长途跋涉，又饱受风沙摧残，这些老兵看上去满脸风霜，比实际年龄大很多。一开始小胡以为他们是中年人，仔细看才发现，原来他们都是比自己"小"的弟弟。

　　他不由得想到，那个年纪的自己在做什么呢？通宵打游戏，受了一丁点儿委屈就负气出走，为自己的未来感到迷茫，甚至不工作混了好几年。曾经，他总觉得自己早早步入社会很辛苦，人生充满了匮乏感和失落感，但和这些老兵相比，自己的困难似乎变得不值一提。

　　采访的末尾，小胡告诉我，影像修复是一项需要耐得住寂寞的工作。过去这一年，许多日夜他都在独自枯坐中度过，对着屏幕，将一张图片反复放大、缩小，关电脑时脖子僵硬到似乎一转头就会断掉。工作内容说不上有多高的技术含量，但确实是个辛苦活儿。

　　只是，每当看到斑驳粗粝的画面被打磨得精细，上色后的"姥姥级"美女焕发鲜活的喜气，听到客户们带着哭腔的感谢，那种成就感也是无与伦比的。他很感谢这份工作，能够带他窥见不同人生的悲欢，见证无数家庭的珍贵时刻，看着岁月如何在一个人身上留下痕迹。

　　小胡说，他会把这份工作继续做下去。只要他的努力能够帮助一个人、一个家庭找回一些尘封的珍贵记忆，那么他便实现了努力的意义。

（摘自《读者》2023 年第 2 期）

生命是独立的美丽

毕啸南

人生经验浅薄。

以往，我总以为天下父母大都是一个样子，舐犊情深，人之常情。年岁渐长，才知不过是我幸运，这世间的父母愁、儿女怨，数不胜数。

朋友秋说："我应算是这其中的大不幸。"

秋生得漂亮，像她的家乡，山环着水，水绕着山，袅袅婀娜。

"我 16 岁离开我们村子，我妈送我到村头，我爸连来都没来。我坐着村里一位乡亲的拖拉机到了县里，又从县里坐大巴到了市里，在一家餐馆找了份洗碗的工作，从此离家，一别就是 6 年。"秋穿着一身利落的时尚工装，靠在软白的皮质沙发里，言语脆硬，感受不到任何情绪。

我却听得有些讶异："一别 6 年？什么意思，6 年没回家吗？"

"没有。每个月都会往家寄钱，偶尔也会打个电话，但没回去过。后来我交了一个男朋友，跟着他去了北京，就更不方便回家了。"秋摆弄着自己的手指，抬眼望了望我，带着些许自嘲的笑意，"当然，这也都是借口。我不回去，他们也不想我。寄钱就行。"

我第一次认认真真地打量起这位女企业家。

我们相识数年，她比我年长近一轮，既有女性企业家的果敢和霸气，也常有感性文艺的一面，算是很聊得来的朋友。但她的父母，却是第一次听她提起。

短短几句话，两次提到了钱。我意识到，秋看似淡然自若的状态下，藏匿着一个复杂而刺痛的故事。

"所以你认为，你爸妈只是爱你的钱，不爱你，是吗？"我和秋，不必弯弯绕绕，便直接问。

她身子侧对着我，在摆弄她桌上的绿植。我见她怔住了，半晌不动。"也许吧。"她许久才应了一句，不知是对我说的，还是对她自己说的。

秋在家中排老二，上面有一个姐姐。

父亲重男轻女，一直想要个儿子，但母亲第二胎又生了个女儿。母亲问起个什么名字好，父亲闷着头蹲在院子里说，随便吧。

母亲没念过书，想是秋天生的，就叫秋吧。

秋说，与大姐不同，她是带着原罪来到这个世界的。大姐是头胎，父母觉得还有盼头。怀秋的时候，母亲特爱吃酸，农村人讲酸儿辣女，父亲听得高兴，天天变着法儿地给母亲弄酸的东西吃，结果一生下来还是个丫头。

秋的记忆里，父亲从没有抱过她，连好脸色都很少。直到弟弟出生，她才知道原来父亲也是会疼人、会讲故事，甚至是会哼歌的。

"你知道冰冷可以有多冷吗？"秋问我，还没等我回答，她径自说，

"小时候，弟弟犯了错也会被哄着，大姐犯了错会被父亲打骂。我经常故意犯错，他却从不理会我，像没看见一样。我宁肯他们打我骂我，那样至少活得还有些人气。但连这些都没有。我在这个家中就像不存在一样。那种冰冷，是窒息的。"

秋学习成绩不错，但到了弟弟上学的年纪，家里供不起，秋不得不辍学。大姐在家帮忙种地，秋不想继续待在这个家里，她跟母亲说，要去城里打工赚钱。

从成都到北京，这个四川姑娘，咬着牙熬过了生活给她的所有黑暗与挑战。她靠无尽的努力和坚忍扭转了命运，如今已成为一名成功的企业家。秋说："我赚到钱后，第一件事就是给爸妈买了新房子，给他们买衣服，出钱给他们报旅行团。"

"我就是想告诉他们，当年他们最轻视的那个孩子，如今反而是最孝顺的。"秋低着头，声音却清亮，"我就是想证明，他们错了，全都错了。"

但生活从来没有剧本。

比来不及表达爱更痛苦的是，你根本没有机会理清一切。

2008 年，汶川大地震，秋的父亲母亲，在这场灾难中双双离世。

如鲠在喉，如芒在背。

秋已经记不清，十几年前的那天，她接到大姐的电话时，究竟是一种怎样的心境。悲痛吗？崩溃吗？恨吗？委屈吗？不甘吗？

那年盛夏，秋终于回家了。

那个阔别 20 多年的家乡。

大姐远嫁，弟弟在外打工，都躲过了一劫。姐弟三个忙完父母的后事，坐在村头的山包上。那是他们儿时的游乐场，捉迷藏、丢手绢、荡秋千……曾经的快乐，已如山河破碎。

　　三个人望着远方，弟弟说："二姐，家里对不起你。"

　　秋的眼泪像瀑布，顺着山包滚下去，冲刷着这个破败的村庄。

　　秋去大姐家住了几天，姐夫待大姐很好。晚上，俩人像小时候一样窝在一床被子里，并排躺着，四只眼睛瞪着窗外皎洁的月亮。

　　大姐整晚整晚地跟秋讲父母的故事。"妈是爱你的。"大姐说。

　　"可是她更爱弟弟。"秋回。

　　"那她也是爱你的，你得理解她。我们都一样。"大姐语气沉缓。

　　"那爸呢？"秋问。

　　大姐迟迟没有回答。

　　沉默像这个夜一样，深得看不到远方。

　　在后来绵长而煎熬的日子里，秋时常回想，母亲也许是真爱她的，她的棉衣都是母亲一针一线缝制的；虽然家里有什么好吃的都要紧着先给弟弟，但每次母亲还是能像变魔术一样，不知在哪儿藏了一小碗偷偷拿给秋；秋坐在拖拉机上离开村子的那天，她似乎听到母亲跟她说过："当妈的对不起你。"

　　只是记忆太遥远了，也太恍惚。秋只模糊地记得那个身影，那个矮矮的、小小的、木讷的、懦弱的、沉默的女人。

　　而关于父亲，这个男人，这个最熟悉的陌生人，她到底还是一无所知。且此生再也没有机会去问一问，他到底在想什么，他是个怎样的人，他为什么一丁点儿都不爱她，这个可怜的二女儿。

　　秋说，这么多年来，她一直以为，自己和父母就如同沙漠中的仙人掌，截了一段下来后，各自生长，彼此再毫无关联。

　　直到办理离婚手续的那天，前夫跟秋说："你以前总抱怨你爸妈这样那样的不是，但你在感情中却总是在重复他们的错误。慢慢学会和他们的错说再见吧，你得允许自己过得更好。"

秋愣住了，一个人坐在民政局门口的台阶上呆怔了许久。

她突然想起前夫以前反复抱怨的那些事。过往，只要两个人一有矛盾，秋就会把自己封闭起来。既不吵架，也不沟通，冰冷着脸，能持续大半个月，直到前夫反复认错求饶。这不正是她童年所遭受的冷暴力吗？不正是父亲对待她的方式吗？

意识的阀门一旦被打开，迷局瞬间变得清晰。

秋发现自己在情感中的很多自我甚至自私都藏着父亲的影子，在感情中遭受痛苦时的躲避和懦弱与母亲如出一辙。

她竟然在无意识而又深刻地重复着父母的错，那些原生家庭的模式、曾经伤害过自己的言行，都在她身上自然又意外地流淌成河。

"那段时间我经常去看心理医生，"秋看着我，"你是做人物访谈的，你猜我那时候在想什么？"

"你在痛苦，从头至尾，自己究竟做错了什么？为什么要承受这么多不幸？"我也看着她的眼睛，认真回答。

一颗流星从她眼中滑过，她低下头。

也许，所有子女都犯了一个错误——父母被我们神化了。

儿时，他们是我们心中的天，他们无所不能，他们就是一切。等我们长大了，才渐渐明白，他们也是在跌跌撞撞中摸索如何做一个好父亲、好母亲的。

又过了许多日子，我们也要开始学习为人父母，又发现，真的就像是小时候上学那样，有人考出了好成绩，有人确实会不及格。

有的父母，他们缺乏知识，不懂方法，做得很糟糕，但只要爱是真实的，时间总会让你感受、理解和体谅。

　　有的父母，他们面对不同的子女，即便都深爱，但人性使然，总会让他们潜意识里更偏向一个，而"冷落"了另一个，就像父母两个人在我们心中也会有些微妙的差别一样。

　　有的父母，他们真的就是不及格，甚至连分内的爱都没有，那就勇敢地认清并接受这个现实。但不要因他们的错而绑架自己，也要学会与他们的错慢慢分离。

　　生命不是谁的延续，它就是独立的美丽。

　　秋说："我用了40多年的时间，才慢慢明白了一个道理——不要用他人的错误惩罚自己，即便这个'他人'，是父母。"

（摘自《读者》2023 年第 2 期）

钟表匠

南　翔

1

顺着新园路往里走，窄窄的一条小巷子往北折过去，抬头是一个与小店铺不相称的大木板招牌，招牌镌有3字隶书：钟表匠。

一个颅顶虽还繁茂、头发却已一片花白的老者，低着头，老花的左眼上夹着一只放大镜，全神贯注地在清洗、调试一块机械表。

钟表匠就姓钟。

七八年前初夏的一天，个子矮小、一头黑发染得与面容不相称的老周来修表，看着招牌上"钟表修理店"5个字自言自语道："店名也太直白了。"言谈中得知店主恰好姓钟，他略一蹙眉，拍手道："那就叫'钟表匠'好了，既是姓，又是你修理的对象……"

过了两三天，老周手握一个卷筒，打开一张皱巴巴的半生宣，竖写了"钟表匠"3字隶书。老周面露羞赧道："我给你写了店铺的牌子，你看看合用吗？"

老钟见3个字写得虽显纤细，却横平竖直，工整有力，不由得跷起了大拇指。老周很高兴，就像一个总是挨批的孩子，忽然在大会上受到老师的表扬。

上了年纪的男人交友，跟孩童有些相似，最易从细节中获取养料。老周取店名、送店招的细节，深深地鼓舞了性格内向的老钟。打那以后，老周隔三岔五过来吃茶、闲聊。巧的是，两个人还是同庚。

那天过五一劳动节，老钟没歇业，叫老周来吃午饭。几口白酒下肚，各式卤菜也吃了几箸，老周用手背揩过嘴角，问："1601年，意大利人利玛窦第一次走进紫禁城，带了很多稀罕之物敬献给万历皇帝，如圣母像、八音琴、自鸣钟，还有世界地图。你晓得皇帝最中意什么？"

老钟见同庚卖关子的得意劲儿，有意往偏冷门的地方猜："皇帝老儿一直以为中国是世界的中心，看到地图，只怕会大吃一惊吧？"

"你讲的一点没错。"老周道，"但皇帝老儿最喜欢的是一大一小两座自鸣钟。两只钟表都刻上了汉字，钟盘外都有一只手指示时间。万历皇帝爱不释手。利玛窦要调试钟表，养护钟表，一个洋人进出紫禁城，就通了方便之门。"

老钟犹豫了一下，吞吞吐吐道："这几十年，我也陆续收购了一些旧钟表，改日请你看看。"

2

老周听说，同庚的旧钟表收藏在晒布路边上一个老旧小区里，便答应随时可去。此前，老周听老钟讲，自老伴去世后，他已经跟儿子一家一道生活了 10 多年，便断然回绝了老钟让自己上门去坐坐的邀请。老周说："你跟儿孙在一起，我大大咧咧的，就不去了，免得讨人嫌。"

老钟便不再勉强。老周还主动告诉他，自己就一个儿子，平生教子无方，儿子因为嗜赌，把一个好好的家败得干干净净。自己退休太早，勉强拿一份社保，仅够赁房独居。在讲到老婆时，他也有清醒的自责："那时我好吃懒做，又酗酒，她看我无可救药，就狠心抛下我和儿子，跟人家走了。"

老钟心想，儿子莫不是随了你？嘴里却说："我看你现在不是这样啊！"

老周道："鄙人早已痛改前非。退休之后，我做过搬运工，给单位看过大门，守过仓库。有酒喝，我也没醉过！每天坚持冷水浴，早晚跑步，拼的就是身体好！"

老钟喜欢看他调子高昂，即便带着浮夸，也自有一份鼓舞，不喜他的低沉，赶紧给他倒酒道："我其实羡慕能吃能喝的人，这样的人都有劲道！"老钟之所以这样表达，是窥见老周喜爱来这儿边吃边聊，又不想白吃白喝，每次都会带点小东西过来，两斤砂糖橘，或者两斤洗净的荸荠。

老钟小心呵护他的自尊，在他明确表示不愿意去儿子家之时，也向他敞开了自己的钟表收藏。

两周后的一个周日，老钟带老周来到距离老街一站之遥的晒布路。拉开锈迹斑斑的铁门，登上四楼，门口钉了一块牌子：有闲斋。

老周在门边立定，摸着下巴吟道："无空道里两位匆匆客，有闲斋里一个大忙人。"

这是老式小区里标准的两室一厅，面积不大，三间房都放满了挂钟：有德国的三塔五音座钟，法国的皮套座钟，日本的铜方钟，20世纪40年代美国制造的24小时座钟……一溜儿屉柜里，则摆满了各式老表。窗前，一座紫檀镂花的座钟足有一人多高，上面是菜盘一般大的钟盘，下面垂吊一个拳头大的金色钟摆，前后还有两个小钟摆，铿然作金属声。

"钟王啊！"老周站在窗边问老友，"在哪里淘到这么多旧家伙？是不是把这么多年的退休金都投进去了？"

老钟不好跟他述其详，眼前这个钟王并不是最贵的，他的退休金不低，还有一个做外贸公司的儿子尽孝。这些都没法给老周讲。老周的职业生涯跌宕起伏，如今拿的社保不及老钟的三分之一；更兼一个儿子常进出看守所，孙儿的抚养费便得从老周不多的养老金里挤出来。

二人曾相约从罗湖桥过关，去九龙尖沙咀、中环皇后大道等几个旧钟表店观赏。看到心痒难熬，且价钱还合适的，老钟过两天会单枪匹马再去一趟，悄悄买走。他不能当着老周的面刷5000元以上的货款——灯红酒绿的香港百物昂贵，原本就玩心重、情意重的老周钱囊羞涩，自尊心又太强。

记得在摩罗街，老周喜欢上一只纪念版的仿百达翡丽怀表。"据说，原版诞生于1933年，是一只18K黄金，有900多个部件，功能复杂的手工怀表。在1999年的苏富比拍卖会上，此物以1000多万美元成交。"老周在钟表店柜台前滔滔不绝，把一众营业员都惊住了。他们打电话给老板，同意降价20%，把这种带有限额版编号的表，卖给眼前这位识货人。尽管老钟委婉表示，过个把月便是老周72岁生日，愿意借此机会送一只他的心爱之物作为纪念。老周依然坚决摆手道："贵重之物不可轻受，折煞一把老骨头！"

此刻，面对"有闲斋"陈列的这么多老物件，老钟忽然后悔没事先做一些敛藏。不晓得老周是否看出来，其中便有二人在香港看过之后叹息告别的钟表。老周抱着膀子一一看去，偶尔做两三句点评。老钟不时在旁边睨他，一圈儿看完，未见他眼露惊奇，一颗七上八下的心才放下。

3

5月末的一天，老周快步走进商城，来到钟表匠的店铺前，却见不同寻常的一幕：店铺没开门！

老周想起，老钟前一段时间说胸口有一些发闷，夜半也会闷醒过来。老周提醒他日常服用一些速效救心丸，床头也要有硝酸甘油片，以备不时之需。此外，最好去医院做个心脏CT之类的检查，他可以陪老钟去做。

老周站在街中打电话，几次都没人理睬。回转去乘地铁，刚到台阶边，电话打过来了，正是老钟。他说昨晚小中风，就近住在罗湖中医院。老周一惊，要过去看他，老钟犹豫道："过几天吧，医生讲这几天要做检查，要稳定，最好电话都少打。"

挂了电话，老周回味老钟的声音，虽然疲惫一些，却与平日一样清爽，不像他先前的一位朋友，中风后讲话呜哩哇啦的，心便放了下来。

3天后的一个上午，老周去医院看望老钟。老钟告诉老友，那天半夜起来撒尿，脚不听使唤，走得迤逦歪斜。心下紧张，嘴里就叫喊起来，好在与儿子、儿媳和孙子同住。进医院做了核磁，左脑一根小血管堵塞，吃点药，扎扎针，一周左右就可以出院了。

老周道："几天不见你，还是见老了，胡子拉碴的。"说着便从身边的床头柜里，扒拉出一把电动剃须刀来，给老钟剃胡须，修鬓角，剪鼻毛。老钟闭着眼睛，很受用的样子。忽然，左眉弓一弹，二弹。

老周遂问："想什么呢？"

钟表匠睁开眼，半刻才道："那天我有一段时间短暂的失忆，想不起怎么来的医院。事后就警觉，要是这样走了，或者完全失忆，可怎么得了！店里还有几块修好的手表，一直没人来取。"

老周不以为然道："不取就是不要了呗，现在不作兴戴表了，人家懒得跑。"

钟表匠坚决摇头道："他们要不要是一回事，我找不找是另一回事。"

老周头一回见老钟这么固执，不由得附和道："我跟你一块儿去找。"末了，还加了一句，"若找出一个阿芳，归你；再找出一个阿珍，归我。"

钟表匠忽然捂住他的嘴，叫了一句："阿珍来了！"

原来是护士长带着两个护士进来查房了。护士长胸前吊了一个工作牌：袁品珍。护士长阿珍大声安慰钟表匠，各项检查结果不错，送来诊治也及时，以后要注意不可以过度劳累。

老周道："他平时修理钟表，是不是坐得太久了？"

听闻此言，护士长遂讲起20世纪80年代初，她考上省卫校，老爸买了一块瑞士手表送给她，花了300多块钱，引起姐妹们强烈的不满和嫉妒。

老钟问："还在吗？老物件留着是一个念想。"

护士长眉眼一低，说她父亲10年前得肠癌去世了。瑞士表应该还在，回去找一找，如果能修好，就送给她大学毕业的女儿留作纪念。

老钟讲自己修过很多老式手表，要么是物主本人怀旧，手表关联重要的纪念日；要么是物主不在了，亲人想留一个念想。物质丰裕的年代，后人留一只旧表来怀念先人的情况，已经是少之又少了。

护士长眉眼一挑道，她父亲生前留下的一只法国野马表，她还好好地存着，要与瑞士表一起找出来送去"钟表匠"镀镀金。

钟表匠道："镀金谈不上，上点油，调试一下，我一定会让它们走起来。"

检查完毕，护士长出门时感叹："时光要是能够倒转该多好啊。"

4

老周和老钟再一次在东门"钟表匠"见面，已经是炎炎夏日了。

两个人坐下来，将一些无人领取的手表归类——一共6只，2只国产表，4只进口表，有的留了手机号，有的仅留姓氏。

一个下午，老周不停地对照留单打电话，总算联系上了3个人。还余3人，仅留姓氏。

老周不想让老钟焦虑，说可以通过派出所的朋友查出物主的户籍所在；也不让老钟日日坐在门店，带着他逛遍了深圳的各种博物馆。

老钟佩服老周能玩，会玩，带他一道玩……若是早几年认识这位同庚，自己的晚年生活一定会丰富很多。

最终，老周通过派出所找到了所余3块表中的两位物主：一块西铁城，物主已经移民新西兰，委托外甥女代收了；1块卡地亚，物主患了阿尔茨海默病，连家人也不认得了，他老伴儿拿到那表时，两眼灿然，说是1994年丈夫第一次出国开会，在比利时买的，是给20年前寒酸婚礼的一个弥补……

1块旧表，修理之后，物归原主。物主高兴，钟表匠快乐，助力者老周也欣喜。回到东门，老钟问都没问，带头走进一家海鲜餐厅。老周步履迟疑，问他："要这么奢侈吗？"

老钟昂扬道："以后我们每个月来奢侈一次。"

老周乐道："人生得一知己足矣，斯世当以同怀视之。"

老钟越来越觉得这个常来"蹭吃蹭喝"的老友不可多得，人到晚景，身边有这样一个好讲、好玩、好乐的人，真好。

钟表匠道："你是端午节的生日，我们一道去一趟江西庐山吧？在山上给你庆生。"

老周略一犹豫道："可以啊！你还有 1 块表没有找到物主，如果送返了，你就轻松了！"剩在钟表匠抽屉里的是 1 块德国造朗坤女表，单子上只有"刘女士" 3 个字，日期是 2018 年 4 月 13 日。

老钟道："如果把这个物主找到了，我就可以歇业，留下更多的时间跟你天南海北地逛荡。"

老周道："你修理了一辈子钟表，若是有本事就让时光倒转！"

老钟道："你还想重当一次后生仔吧？"

老周道："我想多出去走走，看看外面的世界！"

5

老钟又中风了，距离去庐山不到一周。是上次堵的脑血管旁又出现一个小小的堵点。

钟表匠对阿珍护士长讲："没想到才个把月，我们又见面了！"自从上次在医院见面，老钟已经修好了护士长当年读卫校的纪念物，护士长父亲的遗物野马表倒没什么问题，上点油就好了。

护士长严肃地对老钟道："如果控制不好，休息不好，会有更大的中风突如其来。"

老钟嘴里不以为意，古稀之年，够本了。心里却有一些不甘，对老周道："我还要跟你去庐山、黄山，去新疆、西藏呢！"

老周安慰道："既来之，则安之，等你好了，哪里不能去？"

住院期间，他们偷偷溜出去，陆续去了白鹭坡书吧、观澜版画博物馆、盐田灯塔图书馆、光明玻璃桥……当然，去得最多的还是"有闲斋"，面对四壁环绕的各式老钟，凭窗、据几、品茶。

出院之际，已经快到老周的生日了。钟表匠的儿子却提出周末一家开车去粤北始兴——儿媳妇的奶奶过百岁生日，叫儿子一家一定过去。

钟表匠问儿子："可不可以带一个老朋友过去？"儿子从没见过老周，可多次从老爹嘴里知道他有个同庚。自从姆妈去世以后，老爹一个人伶仃出入，能有个玩伴，多好啊！

老周却断然回绝："你们一家三代出行，我去凑什么热闹！"见老友满脸失落，老周道："等你回来，我们一起去珠海转转，珠海有许多海岛，什么外伶仃岛，万山岛……"

告别之时，老钟给了老周一把挂着座钟饰物的"有闲斋"的钥匙，叫他得空去开开门窗，通通风。

6

老周忙忙碌碌的，一直没有去"有闲斋"。

这天一早接到老钟的微信："生日快乐！你今天去一趟'有闲斋'，在窗边立柜最上面的一个大抽屉里，有一样我给你备的礼物。"

老周嘀嘀咕咕："送什么礼物，我又不是靓妹！"

磨磨蹭蹭地进了小区，上楼开门，开灯，开窗，他一回头，忽然发现那只紫檀镂花的座钟正倒着走，再一环视，发现所有座钟的指针，都步调一致地在倒转，倒走，倒流！

他睁大眼呆立了片刻，慢慢拉开立柜最上面的一只抽屉，一张巴掌大的洒金红纸上是8字隶书"生日快乐，青春不老"。旁边，与一条金色丝线相连的，是纪念版仿百达翡丽怀表。老周两眼发涩，他双手扶着立柜，慢慢地合上抽屉，坐了下来。

窗外丝瓜蔓上的两只红眼、黑头、黄背大黄蜂一前一后飞了进来，满屋的钟声金灿灿、亮堂堂，万花筒一般地旋转。

（摘自《读者》2022 年第 16 期）

235 张全家福背后

张 述

杨悦一辈子都记得两个词，"烂巴"与"焊"。

在临沧云县的大寨中学支教时，学生经常在课间教杨悦说当地方言，她记住的很少。后来有一次去家访，杨悦几度在山路上陷入"烂巴"，每次都是同行的学生把她"拔萝卜"一样救出来。杨悦从此记住了这两个词，前者指"泥巴"，后者是形容"泥泞"。

支教 3 年间，杨悦还创下一个纪录——走访了 235 个学生的家，为每个家庭拍下一张合影。

支教刚开始两个月，杨悦就沮丧不已，每天头疼于学生的顽劣，觉得自己不是在教书，而是被学生教了："我不知道怎样上课，虽然我已接受过培训。我也不知道我说的话、做的事情，究竟能影响学生多少，又能影响多久。"

直到有一天，她看到一个叫阿孟的女孩在笔记本上写道："杨老师是世界上最好的老师。"

在这句话的驱使下，她造访了阿孟家。阿孟说，回家要走2个小时左右，师生俩却直到天黑还在半路。面对暮色中的空旷大山，杨悦第一次体会到了对未知的恐惧。最后，是阿孟的表哥骑摩托车把她们接回家的。一进门，杨悦就看到阿孟父母眼中的焦急与担心。杨悦记得，小时候自己有一次落水，被救起来时，父亲看她就是这种眼神。

恐惧和愧疚很快被冒着热气的饭菜和一声声安慰驱散。和当地许多家庭一样，阿孟家可以用家徒四壁来形容。屋里很冷，杨悦跺了几下脚，阿孟立即手脚麻利地生了一盆炭火，坐下来紧紧偎依着杨悦："老师，你要不要水？"阿孟父母热情招呼着杨悦吃饭，阿孟则在埋头扒饭之余，小心翼翼关注着老师对晚餐的反应。睡前洗漱，她端着脸盆为杨悦倒水，眼睛在昏黄的灯光下显得亮晶晶的。杨悦感觉得到，尽管羞涩得不知如何表达，阿孟确实由衷地喜爱她。

那也是她第一次借宿在学生家。阿孟家的房子建在半山腰，山中的夜晚很冷，房间里氤氲着煤烟味，杨悦整晚辗转反侧，思索着怎样回报这家人的热情。她想起自己讲课时，曾为学生们照相作为奖励，这对孩子们是不小的诱惑。天亮起床，她为阿孟全家拍了第一张全家福，阿孟和她的父母、弟弟，一家4口并排坐在砖块垒起的房屋前，身姿板正，除了母亲脸上荡漾着笑容，其他人都带着羞赧的表情。

离开的那一刻，杨悦打定主意要"干一票大的"，准备把所有学生家挨个儿走访一遍，再为每家拍摄一张全家福，既给学生们留作纪念，又是自己支教生活的见证。

大部分学生从未见过老师来家里，听到家访计划，首先担心老师是不是来告状的。杨悦总是事先强调："只是去你家玩。"如果有学生仍然不愿意，杨悦就告诉他："老师尊重你的意见，不过你要考虑清楚，以后可能别的同学都有照片，就你没有。"这招一般都能使孩子乖乖就范。他们带老师游历自家周围的那些景点：山头的小树洞、放羊的草坡、儿时就读的小学，一遍又一遍问老师"这里美不美"，每处景点都珍藏着一份少年的欢乐与秘密。他们也会把学习生活中的各种琐事同老师分享。

很多学生在家也表现出不同于在学校的一面。班上有一对不服管教的"飞镖兄弟"，杨悦第一次上课，弟弟阿镖就直接跳到课桌上，挑衅地向老师吹起口哨。杨悦抱着"擒贼先擒王"的心态去他家了解情况，却发现阿镖在家十分乖巧，忙里忙外殷勤地问老师饿不饿，看不看电视，无聊不无聊。学生阿福在学校极少开口，无论老师说什么他都只报以羞涩的笑容，杨悦一度以为他有理解障碍。来到他家，阿福却拉着杨悦没完没了地讲话，阳光下一口牙白得耀眼。杨悦看得出，孩子离开学校后是多么快乐。这些经历让她明白，了解学生不能局限在课堂，也不要听信其他人的看法，要抱着全面的眼光。

每次家访前，杨悦都会向学生家长强调"不要多准备"，结果总是白费力气。许多并不富裕的家庭还是经常杀鸡招待老师，这也让杨悦得到了"土鸡杀手"的绰号。

为学生拍的全家福积累到一定数量，杨悦就会拿去洗印，并在每张照片背后写一段表扬和鼓励的话语，再交给学生。

所谓的全家福，家庭成员大多不齐全，很少有父母能同孩子一起出现在照片中。杨悦的学生大多是留守儿童，每次家访，杨悦听到最多的一句话就是，孩子的父亲／母亲／哥哥外出"卖工（打工）"去了。甚至对许多家庭来说，在老师到来之前，他们连照一张全家福都是奢望，原因五花八门：家里没有相机，没人会用相机，家长常年在外，一家人难以凑齐……这样的现状经常让杨悦感到遗憾。长期家访中，她更是见识了各式各样的家庭，也体味到人生百态。

阿锦留着锅盖头，红上衣与黑脸庞形成鲜明对比，杨悦喜欢叫他"小红"。"小红"其他科目的成绩都不好，只肯在杨悦的历史课上认真听讲，平时还爱和老师互相调侃。他和他父亲是杨悦见过的最别扭的一对父子。家访时，阿锦宁可把杨悦带到同村其他同学那里，也不肯让老师来自己家，直到杨悦一再要求，才不情愿地服从。路上他们和一个中年男子擦身而过，直到彼此走远，阿锦才告诉老师，刚才走过的是他的父亲。

杨悦没有追问"为什么不理爸爸"，她知道孩子自尊心极强。师生边走边聊，阿锦才慢慢说出心里话。他和父亲关系紧张，常常说不到一两句话就吵起来。母亲在外打工，弟弟又太小，他没人可以倾诉，经常感到孤独。杨悦提议给他和父亲照相，他拒绝了，只把在外面玩耍的弟弟叫了回来，照了一张兄弟合影。

阿银长相英俊，在学校只顾谈恋爱，心思完全不在读书上。他的网名是"一个人的天空"，这曾让杨悦觉得"为赋新词强说愁"，直到家访时才对此有了深刻了解。阿银家坐落在层层梯田间，流水潺潺，鸟声啁啾，空气中弥散着稻草、牛粪和青草的混合气息，方圆几里只有这一座房子孤零零地伫立着。

不同于其他家长，阿银的父亲很健谈，具有一定的文化水平，和杨悦聊了不少自己看过的书。杨悦在闲聊中得知，这位父亲从小成绩非常好，升入初中时因突然患病，不得不休学3年，也失去了报考临沧师专的机会，只能在初中毕业后去做建筑工，近年来体力衰弱，工作也做不下去了。阿银之前在另一所学校成绩不好，他让儿子在大寨中学复读一年，觉得"在现代社会，如果只是初中毕业，起点实在太低了"。说完这番话，他和杨悦都沉默了许久。

杨悦把父亲的话转述给儿子："爸爸对你期望值很高，你自己也有潜力、有天赋，老师希望你能有更高的人生追求，而不是仅仅局限于谈恋爱。就算谈，也要谈更高级的恋爱。"阿银半天不吭声，只是呵呵笑着，脸红到了耳根。后来，杨悦为父子俩照相，他也是这样腼腆地笑着。结束支教时，杨悦把自己的书都留了下来，让阿银帮忙转交给他的父亲。

3年下来，杨悦瘦了10斤，走破了两双鞋，去了官房村很多次，每次回来都要病一场，脚上磨出水疱更是常事。每次学生们心疼地问："老师，痛不痛啊？"她都笑笑说："不痛，忘了吗，老师是杨女侠。"与成就感相比，这些都微不足道。

她关照到了每一个孩子，努力发现他们身上的闪光点，还为学生们拍下厚厚一摞全家福。235张合影，每张照片背后都是一段旅途、一个家庭、一个故事，也映射出人生百态。

2017年夏，结束支教两年后，杨悦回大寨中学看望学生们。孩子们都长高了，有的曾经只有杨悦的肩膀高，如今换成老师与他们的肩膀齐高。

那次返校，杨悦还特意去学校的小花园故地重游了一番。支教时，她带领学生们在这里种下了几棵枇杷树，那时它们还是小树苗，如今已尽情舒展着枝权，叶片在烈日下青翠欲滴。还在学校支教的队友陶潜模仿课文《项脊轩志》描述："庭有枇杷树，当时杨悦老师手植也，今已亭亭如盖矣。她的学生如今也亭亭如盖，散布各地。"

（摘自《读者》2022年第18期）

永远的守望

天山之北，戈壁如海，一眼望不到边际。戈壁上的风沙很大，汽车奔驰其上，像一叶小舟在大海中漂流……

那座山，叫北阳。在它脚下那片光秃秃的乱石旁，我们举起右手相互敬礼，然后紧紧握住彼此的手——这是战友间的见面礼。

"你也是 76 年的兵？"

"不，77 年的……"

差不多，差一年入伍，我们算是真正的战友。

他笑着说起了入伍时的经历："我是陕西人，当时家里特别穷，我就像杨柳抽条似的往高长，身高够了，但体重不足。在体检现场，我跑到一口井边咕咚咚地猛喝凉水，恰巧被接兵干部看到了。他问我为啥喝那么多水，我就实诚地回答体重不够。他拍拍我的肩膀，又问我为什么想当兵。我说，我要保家卫国。听后，他点了点头。"

1977 年，他从陕西到了现在他家所在的地方——地处祖国边陲的新疆沙湾，成了一名士兵。6 年后的 1983 年，他退伍回到老家，次年与本乡的一位姑娘结了婚。

蜜月刚满，他对新婚妻子说："我想回老部队那边。部队驻地附近的村上有一对无儿无女的老人，我在部队时经常带着学雷锋小组的人去照顾老人家，现在离开了，总觉得心里不踏实。更重要的是，山窝窝里有 7 座烈士墓也缺人照看……"

"那你早去早回，我在家等你。"妻子说。

他看着妻子，不说话。

"咋了？是要去好些日子？"妻子问。

他摇摇头，终于开了口："不是我一个人去，是带着你一起去。我们一起在那里住下，在戈壁滩上安个家……"

没有出过远门的她不知道戈壁滩是啥样，只想着要真去了就该有个自己的院子，有片自己的地，好种田，好生养娃，于是说："那能不能垦块地，稍大一点儿的？"

听了这话，他高兴地说："能，我保证，很大。你要多大，我就给你圈多大！"

她脸一红，说："好，我跟你去。"

就这样，小夫妻背着一床新婚棉被和 4 个装着生活用品的麻袋，从陕西老家来到天山北边的沙湾县卡子湾村。那天到的时候天已黑，他带着妻子来到一个用土墙围着的小院子前，对她说："到了，跟我进去见爹娘。"

"咋，你在这里也有爹娘？"妻子十分诧异，忙问。

他笑了，解释道："这家的犹培科大伯和张秀珍大妈没有孩子，以前我在部队时经常利用星期天带着学雷锋小组到他们家帮忙做些事情，两位老人就认我当干儿子了。你是我的媳妇，跟我进去一起叫声'爹娘'吧！"

在陌生又遥远的地方，有"爹娘"可叫，便能体会到一丝家的温暖。

第二天一大早，她就扯着他的衣襟，轻声说："走，看看咱家的地去……"

"行。"他领着妻子往后山走。

"这山上不像咱们家的黄土地，咋不生一根草苗苗、一根树枝枝？"她奇怪地踢着地上绊脚的石子问。

他说："这就叫戈壁沙漠。风大的时候，能把这些石子吹得飞起来。"他捡了块拳头大的石块说。

不好，沙尘暴来了！他拉起她的手，迅速躲到一处山窝里。他们的脚步刚刚落定，整个天空便像被一口锅倒扣着罩住了，天色暗下来，狂风挟着地面上的沙石，恣意摧残着大地。一块飞来的石头击中她的脚板，疼得她一下子瘫坐在地上，哭了起来，眼泪如断了线的珠子不停地落下来……

"你不是要看咱家的地有多大吗？起来，我带你去看看。"他连哄带骗地扶起她，朝已经平静了的戈壁深处走去。

他指了指漫无边际的广袤大地，像个拥有万贯家产的人，自豪地说："只要你不怕双脚累，凡是你能跑到的地方，都可以是你的地、你的田……"

"我不要，我只要一块能种菜、养鸡的地。"她说着，眼泪又落下来。

他一把将她驮在背上，说："好好，依你，等咱们看完我的战友们就全都依你啊。"他驮着她吃力地往北阳山的另一面走去……

她抹干泪，问他："你的战友们在哪儿？为啥一定要去看他们？"

他一边喘着粗气，一边细细道来："他们7个人都没结婚，一直躺在这么遥远偏僻的地方，平时只有我们一些战友来看看他们。如果我再不来守着他们，他们该多么孤单啊……"

她叹了口气，问："他们为什么会牺牲在这里？"

他语气沉重地说："都是为了保家卫国、戍守边疆而英勇牺牲的，都是烈士。"

走着走着，他突然停下了脚步，怔怔地望向山脚下……他猛地将她一放，飞奔向那片刚刚被风沙"扫荡"过的乱石滩。

她远远地看着，只见他疯了似的用手将几个被风暴吹得七零八落的坟茔重新垒起。"对不起啊，战友们，我来晚了。我向你们检讨！我保证，从现在起，我再也不离开你们了，我保证不让你们再被风沙摧残……"

这是她第一次看到他流泪，她似乎有些明白他的心事了。她走过去，蹲下身子，像丈夫一样用双手捧起一块块石头，轻轻垒在坟茔上……慢慢地，他笑了，向她投来感激的目光；她也笑了，向他投去理解的目光。

就这样，他们将小家安在了这片戈壁滩上，留在了这7位战友的身边……

我们现在应该知道他的名字了。他叫张秋良，一位为战友守墓近40年的老兵。

我见到张秋良的时候，除了家门口开设的"老兵驿站"和身上那套旧军装让他显得有些与众不同，单从外表上看，他已完全成了一个沙湾人：黝黑的皮肤，已经明显驼塌的腰板，以及一口纯正的当地方言。犹培科大伯与张秀珍大妈分别由他赡养9年和13年后去世。

"我来的那一年，我的老部队撤编了，这几座烈士墓也就没有人看管了。我觉得应该承担起这份守护战友的责任，就开始做烈士墓的义务守护人……"这一守就是近 40 年。

看着张秋良家简陋的陈设，我几乎能猜出这几十年他们是如何过来的。

在偏远的戈壁沙漠上安个家不容易，而要义务管理一片烈士墓地，对张秋良一家来说，要面对的困难就更多了。

"收入靠什么呢？"这自然是我最关心的事。

张秋良向我伸出手，然后一展双掌，笑了："就靠它们。我没有学过其他手艺，只会打土坯，就是家家户户垒墙的土坯砖……年轻时一天能打 1300 块左右，一天挣上五六块钱，现在年岁大了，也能打 1000 块左右。"

听着他的话，我的眼前立即浮现出一位复员老兵挥汗打土坯的身影，从青春到年老，日复一日地劳作，只为了完成心中那一份承诺。

风雪交加的春节，张秋良带着烟酒食品到战友墓前和他们一起过节；每逢清明节，他都会到战友墓前，代他们的亲人祭扫；骄阳如火的"八一"，他带着军旗来到墓前，为战友们唱起嘹亮的军歌。

这些事，是张秋良和家人年复一年必做的。不论寒暑，无惧风雪，从未停歇。他外出不在家时，他的妻子和孩子也会按时去墓地替他完成。

"我守护的这几位烈士，都牺牲在我入伍前后不久的时间里，全都是 20 岁左右。他们中有陕西的，也有从四川、江苏、山东和河南入伍的，都没成家。没有与其他 6 位烈士安葬在一起的谷克让烈士，是位班长，1976 年入伍，牺牲时只有 20 岁。他用生命保护了 8 名战友。谷克让的事迹，我在跨进军营时就知道，而且被深深地感动了。日久天长，我一直有个愿望，去看望一下烈士的亲人。"

一次回老家陕西探亲，张秋良通过战友提供的地址，找到了陕西籍烈士胡咸真的家，见到了胡咸真的母亲。当时，胡咸真的母亲已经 70 多岁，因为儿子的牺牲，她的双眼早已哭瞎。当张秋良坐到胡咸真母亲面前时，双目失明的老人用颤巍巍的双手不停地抚摸他的脸："儿子你总算回来了，娘想你啊！"说着，老人便号啕大哭起来。

"克让娃啊，娘来看你了……"2019 年 9 月 8 日，西北边陲的戈壁滩上秋风瑟瑟，谷克让烈士 89 岁的母亲由张秋良和几位沙湾老乡抬着来到儿子的墓地。那场景，张秋良至今难忘："满头白发的老人家把脸久久地贴在儿子的墓碑上，喃喃地说'娘死了就来陪你'，现场的人没有一个不掉眼泪的……"

"孩子，我给你磕个头……"祭奠完，谷克让的母亲一边抹泪，一边感激地拉住张秋良夫妻的手往下跪。

"使不得！大娘您快起来……克让班长是我的战友，更是我的哥哥，我们一家人不说两家话啊！"张秋良赶紧扶起老人家。那一刻，他和烈士的亲人们，成了真正的一家人。

如今，张秋良的家已经是远近闻名的"老兵驿站"，他不仅负责接待 7 位烈士的亲人，更多的是接待那些认识或不认识的、来自全国各地的战友、朋友。

近年来，当地的退役军人事务部门在关爱烈士方面发挥了越来越重要的作用。守护那个烈士墓地的人也不再是张秋良一个，他的大儿子如今成了第二代守墓人……

"逢年过节为烈士战友扫墓的事，我必须去。"采访他的那一天，他带着我这位老兵，徒步来到烈士墓前，我们一起向长眠在此的烈士敬献了鲜花并三鞠躬。

转过身，我见张秋良跪在地上，虔诚地整理着每座烈士墓……近 40

年了，他仍像第一次做这件事时那样毕恭毕敬、一丝不苟。

我的双眼不由自主地模糊起来。

（摘自《读者》2022 年第 18 期）

食堂里的画家

林　雅

几年前，一幅用油性笔画的 30 米长卷，既没有主题，也不是名家之作，却有人要花 20 万元买下它，竟还被拒绝。

拒绝的人，是中央美术学院食堂的一个服务员，也是这幅画的作者。

关于这位食堂里的画家，很多人说她是天才。她 15 岁辍学后开始打工，30 岁才拿起画笔，没有接受过任何专业训练，竟然画出了令人惊叹的画。

除了吃饭、睡觉、工作，她可以将其他所有的时间都用来画画；文化程度并不高的她，却学着看书、读诗、逛展览，只是因为被艺术吸引。

她勇敢地面对他人的嘲笑、社会的压力，仰着头一脸倔强地说："我的梦想是画好每一幅画。"

1

她叫汪化（本名季红燕），是一名画家。1981 年，她出生在福建省浦城县一个山清水秀的小山村，父母都是地道的农民。

因为贫穷，家里连她每年的学费都很难凑齐，而她也自认为不是读书的料，15 岁时就辍学了。

为了多赚点钱改善家里的条件，她决定外出打工。

她起先在福州落脚，第一份工作是做保姆，但因为完全不知道怎么带小孩儿，很快被雇主解聘。于是她又找了一份售货员的工作，因为算不清楚账，老板将她辞退。后来，她又去餐馆当服务员，这个工作只要会点菜、迎宾就可以了，但她做事不麻利，还会打碎盘子，所以干了不久又被开除了。

就这样，汪化先后辗转于福州、广州、深圳等地，浑浑噩噩到了 28 岁，还一事无成。

"我像在烂泥中游来游去，找不到生命的出口。"汪化说。

十多年来，她像一个漂泊者，边打工边流浪，一直在寻找自己可以做的事，但一直没有找到。她本想随随便便找个人嫁了，但没嫁出去，于是又漂到了上海。

有一天，她在街头的一个地摊上，看到一本名为《美国纽约摄影学院摄影教材》的书。书中细腻生动的照片吸引着她，她把这本书买了回去。

有一天，她心血来潮，对着书中一个漂亮的女孩画了起来，结果她发现，自己画得比照片本身还要美。可是她从未学过画画啊。更重要的是，那种自由落笔的酣畅感是她从未体验过的，原来画画可以让人这么直接地表达自己的感受。

于是，她一边晃荡，一边在小本子上画画，从此一发不可收拾。

2

画画像汪化找到的一根救命稻草，一旦抓住，运气就来了。

她那在内心积累多年的巨大能量，似乎被一下子唤醒，反映在那朴实的线条上，时而气势磅礴，时而柔情似水。

她可以把世间万物都看成一条线。她握着笔随意地游走，脑子里却思考着自己。

不过，虽然汪化在绘画里找到了自己，但她还不确定是不是真能走这条路。她什么都不懂，只是埋着头将所有的理想都画在纸上。

于是，在2012年，汪化借了3000元，来到北京。

到北京没几天，她就去参观中央美术学院。从图书馆旁边的书店出来，她就下定决心，就算打扫卫生也要留在这里。

她打听到食堂或许有事情可做，就去跟食堂的经理说："我不要工资，只要有饭吃，有地方住就可以了，因为我想有自己画画的时间。"

许是她有当服务员的经历，经理答应让她留下来。虽然上班时间是早上6点到下午2点，但她只用工作3个小时，一个月还有1000元的收入。

她在学校附近租下一间简陋的地下室。要到达这间地下室，得经过一条长长的甬道，甬道两边还有很多租客的房间，她要走一段路才行。

虽然环境差，但一个月房租只要200元。她"躲"在这个别人发现不了的地方，倾听着上面嘈杂的声音，感觉也很美好。

每天晚上是她最快乐的时光，因为可以尽情地作画。她喜欢画长卷，"小的画还没进入状态就完成了"。

画画时，她和她的画似乎融为一体。她从不构思，想怎么画就怎么画，画到哪儿是哪儿，"就好像生命的活力在那儿一样"。那种感觉，就像夜晚不再只有黑暗，还有星河静静围绕在身边。

而当黎明来临，她又穿上食堂的制服，提着热水壶，钻出地下室，穿过昏暗的甬道，来到地面，大口大口地呼吸着新鲜的空气，然后开始一天的工作。

准备食材、擦桌子、拖地……汪化觉得很有成就感，因为她和同事的努力，大家可以在一个很干净的环境中吃饭。

忙完手头的工作，她有时会到下了课的空教室画画，身旁常有学生驻足，他们惊叹她画得真好。这让她很满足。

有一次，她正在黑板上忘我地画画，一位教室管理员突然闯进来，问："你在这儿干吗呢？你是谁？"

汪化有点不好意思地回答："我是食堂的服务员。"

她争取来几个小时的画画时间，但管理员快下班时又来催她离开。此时，整个黑板已经被她画满了线条，她请管理员欣赏，但管理员看不懂，她解释说："我画的是我世界里的好多东西，讲都讲不完。我把我的想象描绘了出来。"

说这些的时候，她很兴奋，但很快就又沮丧了。"你是第一个观众，也是最后一个。"她说完，把画擦掉，然后逃出了教室。

汪化对画画的痴迷还不止于此。暑假时，她可以一个月不出地下室，因为喜欢喝粥，每天就煮粥吃。甚至吃饭这件事对她来说有时都是一种莫大的痛苦。她说："生命太紧促了，不足以让我把所有想画的东西画出来。"

她几乎是伏在画卷上画画，累了就睡觉，醒了继续画，就好像她是为那张纸服务的。

3

在食堂工作了两个月之后，汪化的画被中央美术学院的一个学生发在微博上。当晚，这条微博被转发 3000 多次，很多人都被汪化独特的线描画法震撼，于是，越来越多的人知道，中央美术学院的食堂有个服务员，画得一手好画。

2012 年 10 月，汪化被学生引荐给教油画的袁运生教授。袁教授看了她的画很激动，从下午 4 点一直欣赏到晚上 8 点。

他说自己教书这么多年，从来没有遇见过这样独特的学生。"很有才华，而且这种才华不是靠专业训练能得来的。"

汪化感动得哭了，用手胡乱地在脸上擦着，嘴里一直说着："谢谢，谢谢。"

她怎么也没有想到，自己热爱的画作，在一般人眼里是涂鸦，但竟得到了著名画家的肯定。更让她受宠若惊的是，在场的一位策展人提议，要给她办一场画展，但她连忙拒绝了。她觉得自己画得不够好，还没画出她心中理想的画，而且她不想过早地让自己的画与商业活动产生关联。

朋友很不理解她，觉得她是一根筋。争论了一番，朋友问她："你快乐吗？"

她回答："我痛苦并快乐着，痛苦是因为现实问题，快乐是因为我的内心能感受到真正的乐趣。我觉得我过得很好，真的找到了幸福，但是周围的人都觉得我过得惨不忍睹，怎么可能呢？"

比起经济条件的改善，汪化此时觉得自己更需要画画技法上的突破。她要超越自己，从而使得绘画在结构和思想上有一个很大的改变。

画画似乎一直指引着汪化一步步向前。2014 年年底，策展人刘亦嫄一眼就看出汪化画中的生命力。了解汪化的经历之后，刘亦婳引荐她去了单向街书店。

那天，书店创始人许知远正巧在店里，他看了汪化的画之后非常震惊，说她的画"充满了神秘的诱惑，描绘的是一个我无法理解的世界"。于是，许知远邀请她到店里做"驻店画家"。

那时，汪化住的地下室即将被封闭，她考虑了一番后，答应许知远驻店作画。她在那里唯一的工作就是画画，薪资比在食堂时高出很多。

她每天坐在那里，就像一根柱子，一年四季，在同一个位置，面朝同一个方向，手里拿着一根笔芯，从上午 10 点一直画到深夜。画画时，几乎没有什么能干扰她。

在谋得更好发展的同时，汪化对自己仍有清楚的认知。她画画的目的是丰富自己的精神世界，然后把自己的生命转化成一朵小小的花。

"能被别人看到已经特别幸运了，如果没有人看到也无关紧要，因为你已经在心里希望这世界更美。"汪化说。

4

汪化只有一个梦想——有一天，她能将自己想象中的那个"天堂"，完美地呈现出来。这也是她生命最大的意义。

但袁运生教授用自己的人生经历劝导她，艺术家不应该放弃世俗生活。

2015 年年初，35 岁的汪化登上了《中国梦想秀》的舞台。起初，她在舞台上的梦想是找一个男朋友，但当评委反复跟她确认"是否愿意将所有的时间让给家庭"时，她纠结地落了泪，最后还是选择了画画。

她坚定地说，自己的梦想是画好每一幅画。

她没办法说服自己去过完全没有绘画的生活。不过她已经同意在艺术展上展出几幅画，并将其作品收录到画册中。一家艺术馆更是以15万元的高价，收藏了其中一幅。

她开始认识新的朋友，参加深夜读书会。她对自己的画也更加有信心，"只要真情流露，哪怕不是很绚丽，也会让人有所触动"。

后来她办了很多展览，她的作品相继被中国、荷兰、美国、西班牙的艺术机构及个人收藏。她出名了，周围的人也想当然地认为她有钱了，但事实并不是这样。她将因画画而获得的大部分收入捐了出去，自己依然清贫。

汪化知道没有钱就没办法生存，但比起物欲上的满足，她更珍惜自己的精神世界。她说："如果物质会影响到我的精神世界的话，我会拒绝，我不想承担这样的风险。"

因为画画，是她的全部生命。

（摘自《读者》2022年第19期）

发现青蒿素

吴京平

新药研发是需要耗费大量资金的，往往是真金白银花得像淌水一样，很重要的一个原因是，研发药物常常走的是"神农尝百草"的模式。抗疟疾药物的研发过程就是一个典型的案例。

人类对于疟疾这种疾病一点儿都不陌生，这是一种热带病，俗称"打摆子"。疟疾的英文单词来自意大利文，本意是"坏空气"。古代欧洲人就已经意识到，这种病多半流行于温暖潮湿的地方，那里到处都是山岚瘴气。我国古人大致也是这么认为的。

马其顿的亚历山大大帝可以说是雄才大略，当年统一希腊，征服埃及，横扫中东，一直打到印度河流域，可最后因为得了疟疾，死在前方军营里。

雄才大略的康熙皇帝在 1693 年也得了疟疾，而且病情严重，什么丸散膏丹，吃下去全不管用。最后还是靠法国传教士洪若翰进献的金鸡纳霜，治好了康熙皇帝的疟疾。

现在我们知道，金鸡纳树的树皮之中有很多生物碱。1820 年，法国药剂师卡旺图和佩尔蒂埃合作，从金鸡纳树的树皮之中分离出奎宁。后来人们发现，奎宁才是金鸡纳树的树皮之中唯一能对付疟疾的有效成分。

我们发现，人类抗击疟疾的历史是跟战争紧密联系在一起的，每次突破都和战争有关系。因为疟疾在军队中大范围流行是会严重影响战斗力的，所以军方特别重视。

越南战争时，越南民主共和国方面的人员要穿越山高林密的胡志明小道运送伤员和物资，当然就会经常与蚊虫相遇，疟疾高发一点儿也不意外。1200 人的一个团，经过一个月行军，能打仗的人员就只剩 10%。美军也少不得钻进深山老林，当然也就把疟疾带回军营。好在奎宁可以对这种耐药的疟原虫起到一定抑制作用，美军也还不至于完全束手无策。可是越南民主共和国怎么办呢？他们啥都没有啊！

越南民主共和国只能向中国求援。我国当时疟疾患者也不少，奎宁不够用，所以只能在研发新药上下功夫了。当时国内对中药还是有一定信心的，认为能从中药中找到一些管用的药方。美国人也在化学药品之中寻找抗疟疾的新药。所以，在不知不觉之中，这事儿就变成了中美两国的竞赛，尽管当时双方都不知道另外一个国家也在全力以赴地寻找抗疟疾的药物。

抗疟药物的研制是国家大事。1967 年，我国专门成立了"全国疟疾防治研究领导小组办公室"（简称"523 办公室"）。

1969 年，39 岁的屠呦呦加入"523 项目"。当时中美两国都在筛选新的药物，美国人筛选了 25 万种化学制剂。我国虽然科研实力没那么强，但是靠着全国的大协作，也筛选了 4 万多种药物和中药提取物。双方都在用海选的方式来寻找治疗疟疾的办法。

　　屠呦呦所在的北京中医研究院立即开始搜集各种中医、中药的典籍以及民间的方剂，群众来信也都认真对待。同时，科研人员还走访各地的老中医。他们将能找的资料全都搜了个遍，攒了 2000 个药方，从中筛选出 640 个号称能治疗疟疾的，其中就包括青蒿。

　　中医研究院大部分人员学的是中西医结合，因此，他们也有现代医学的功底。他们要完成的任务，就是从植物之中提取出真正有效的抗疟疾成分。青蒿的提取物治疗疟疾的效果并不好，甚至还比不过胡椒，所以屠呦呦一开始放弃了青蒿。

　　他们当时的思路还是沿用中医的思维。古代煎汤熬药，要么拿水煮，要么拿酒泡，所以离不开水和乙醇这两种浸取方法。东晋葛洪的《肘后备急方》里的一段话，"青蒿一握，以水二升渍，绞取汁，尽服之"，启发了屠呦呦。"绞取汁"，就是拧出汁液来，古人可没说煮啊，难道高温会破坏青蒿的有效成分？于是屠呦呦采用乙醚低温提取，终于从青蒿中提取出治疗疟疾的有效成分。

　　其实，从屠呦呦这个灵光乍现到用乙醚提取还有一段路。如果单纯是温度的因素，那用冷水浸泡不就好了吗？何必动用乙醚呢？因为有些东西是脂溶性的，并不能很好地溶解在水或者乙醇里面，但是可以溶解在乙醚之中。屠呦呦自己也曾经提到这个因素，她猜，可能青蒿之中的有效成分是脂溶性的。

　　1972 年，屠呦呦报告了自己的发现，青蒿的提取物对疟原虫的抑制率可以达到 100%。这是一个从 0 到 1 的飞跃。

　　青蒿素完全是我国独立研制的一种新药，具有里程碑的意义。1979年，青蒿素通过了国家鉴定。

　　美国人在寻找化合物的路上走得也不顺利，他们发现奎宁的分子式之中有个含有氮原子的杂环结构，就认定这个杂环在起主要作用，所以寻找的药物都是分子式带这个杂环的。一直找到第 142490 号，才发现管用的成分是甲氟喹。美国在 1975 年将其投入使用，但那时越战基本结束了。

世界卫生组织非常重视在全世界范围内消除疟疾，也就开始大力推介甲氟喹。但是，疟原虫容易对甲氟喹产生抗药性。

所以，大家就明白青蒿素的意义了。这是一种结构上和奎宁毫无相似之处的药物。疟原虫压根儿没见过，也不认识，所以根本对付不了青蒿素的攻击。

后来，大家听说南斯拉夫也有人在研究青蒿。那个时代，我们在青蒿素的研究上还没有知识产权保护的意识，于是，青蒿素的化学结构就刊登在了我国医学期刊的英文版上。

世界卫生组织当然也就知道这事儿了，马上召集专家在中国开了一个有关青蒿素的会议。所以，青蒿素作为科学成就发表，已经不再可能享受知识产权的保护了。

青蒿素本身是不涉及专利权的，谁都可以生产。这种药对世界人民大有好处，拯救了上百万人的性命。我国作为原创者，在这件事情上并没赚钱。

通过青蒿素的研发过程，我们也了解了一种全新药物研发的基本模式。说白了，就是不断去尝试，广撒网、大海选。5 年就能发现青蒿素，已经是运气非常好了。美国人花了更长的时间，也只找到一个甲氟喹，成效还不如青蒿素。

如今，药物研发不再是漫无目的地海选，更多是针对标靶设计药物的分子结构，从而大大提高了研发效率。

（摘自《读者》2022 年第 19 期）

乘风破浪的"韩船长"

张博令

前不久，拥有近千万粉丝的环球旅行达人"韩船长"，驾驶着自己的帆船，在 2022 年国际足联世界杯的举办地多哈升起了一面巨大的五星红旗。

"必须改变这种一成不变的生活状态"

"韩船长"名叫韩啸，1985 年出生于四川成都的一个教师家庭。他从小就有些叛逆，不喜欢循规蹈矩。这种性格让他 30 多年的人生经历，丰富得像一本书。

高考失利后，18 岁的韩啸跑到上海打拼。卖菠萝、端盘子、洗碗、在天桥上拉手风琴卖艺……他干过很多工作，但一点儿都不觉得苦。他说："经历不同的生活，靠自己挣来的钱获取想要的生活，会让我觉得很兴奋。"

后来,有了一些积蓄的韩啸决定创业。他回到成都开了一家服装店,生意蒸蒸日上。26 岁那年,他又拥有了自己的酒吧,赶上行业红利的他挣了不少钱。但 3 年后,他突然意识到,"必须改变这种一成不变的生活状态"。

从小热爱户外运动的韩啸,直接背着包出发,带着全部身家到毛里求斯开民宿、做潜水教练,在异国他乡从头开始。然而这次创业的结果并不乐观,他两年赔了几百万元。

性格倔强的韩啸没有气馁,开民宿不成,那就寻找新的方向。31 岁那年,韩啸找到了一个"边玩边挣钱"的好法子——去欧洲做旅拍。喜欢旅行的他熟悉外国的风土人情,而且外语流利,会拍摄,会做美食。

细致周到的服务换来好口碑,旅拍让韩啸很快补上了开民宿的亏空,还赚了一些钱。再后来,他在旅拍中结识了自己的妻子。事业有成,家庭幸福,在朋友眼中,韩啸的人生像"开了挂"。

然而,韩啸骨子里就是一个不愿被生活困住的人。在海边开民宿、在欧洲做旅拍时,他带着客人四处出海玩水,多次听人说起航海经历,一颗航海的种子便开始在韩啸心里萌芽。

"我真正地明白了'活着回家'这 4 个字的重量"

"有一天,当你意识到生命中最重要的事情是什么时,你就会毫不犹豫地放下所有。那一天,你才开始真正地活着,才知道自己是谁。"这是韩啸被问到为何选择卖房买船时,给出的理由。

2018 年,韩啸花了半年时间,去美国学驾驶帆船,并考取了全球航海驾照。当时，为了省钱买船，他在租来的小轿车里睡了一个多月。

2019 年 3 月，得到妻子和父母的支持后，韩啸卖掉成都的一处房产。加上手里的积蓄，他在北欧买下一艘单体帆船，他亲切地称其为"大白"。

从此，韩啸成了"韩船长"。无垠的大海上有美丽的风景，也有无数的挑战。"韩船长"经历过好几次死里逃生。有一次，渔线缠住了"大白"的螺旋桨，需要人工拆解。帆船所在海域靠近北极圈，海水温度接近 0℃，"韩船长"先后跳进海里 3 次，才成功化解了这次危机。

从瑞典到德国的路上，"韩船长"和副手老顾遭遇了极寒、暴风、冰雹、雷暴、巨浪……有天晚上，狂风暴雨，船体剧烈晃动，他们用一根绳子把自己绑在船上，才没有被"扔"进海里。扛过了自然的挑战，又因码头太窄船开不进去，燃油不够且无计可施，他们在海上无依无靠地漂了 3 天 3 夜。

特种兵出身的副手老顾，在这次船靠岸后，放弃了跟"韩船长"一起环球航海的计划。此后，"韩船长"开始了一个人的环球航行。

在没人轮岗的日子里，他只能抱着方向盘吃饭。最难熬的时候，他 9 天 9 夜没睡过一个好觉，将闹钟设置成每隔 20 分钟响一次，就是为了让自己清醒地观察航行情况。"从那以后，每次出海之前，我都会不停地告诫自己，这可能是我最后一次航海。"

在海上摸爬滚打两年多，"韩船长"练就了一身本领。"每天你都要知道自己做什么，航行多少海里，风是怎样的，洋流是怎样的，哪里是最近的避难点……这些都得有非常精准的判断。"

但是，各种出人意料的危险状况频频发生：在英吉利海峡，8 米的潮汐让"大白"无法进港，险些搁浅；在红海，"大白"的船锚被石头卡住；在黎巴嫩，"韩船长"遭遇武装士兵强行登船；2020 年，新冠肺炎疫情暴发后，他又因各国政策限制无法上岸补给，被迫在海上漂了 115 天才踏上陆地。相比这些，被有毒的马蜂"亲"了一下导致整张脸肿起来，倒显得没那么惊心动魄了。

在韩啸出发前，父母对他的叮嘱简单而沉重："活着回家。"他说："现在我真正地明白了'活着回家'这 4 个字的重量。"

幸运的是，每一次他都化险为夷。"韩船长"说："只有不断训练、不断学习、不断积累、不断克服自己的孤单和恐惧，你才能到达彼岸。"

"无论何时需要帮助，请在亚丁湾 16 号频道呼叫"

2020 年 4 月，"韩船长"驾驶"大白"从埃及出发，途经苏丹、厄立特里亚、吉布提，跨越亚丁湾，抵达阿曼。亚丁湾是令无数水手谈之色变的噩梦，也是国际航海最高评级的危险区域——航海者要面对不可控的风向，更要面对随时可能发生的海盗袭击。

"韩船长"单人单船成功跨越亚丁湾用了 10 天 9 夜，共计航行 799.9 海里，耗费柴油 150 升。为了避开横行的海盗，他甚至特意选择在天气条件糟糕的情况下出海。

就在穿越亚丁湾的第 2 天，"韩船长"在海上偶遇了中国海军护航编队微山湖舰和银川舰，他激动地分别与他们通了话。"韩船长"说，中国海军舰队那一句"无论何时需要帮助，请在亚丁湾 16 号频道呼叫"，让他深刻感受到，身后强大的祖国就是自己环球航海之旅坚强的后盾。

"我没有钱，只有一颗勇敢的心"

"韩船长"有一个可爱的女儿小七。女儿让他懂得了为人父母的不易，他希望能给女儿安稳的生活。同时，他更希望女儿知道如何面对风浪："等她长大，我可以告诉他，爸爸是闯荡过世界的勇士。"

从2019年4月自瑞典的斯德哥尔摩出发，"韩船长"已航行上万海里，穿越诸多海域，走过20多个国家。千帆过尽，他成了自己的船长。

2021年5月，"韩船长"完成了单人单船穿越印度洋的挑战……这位现实版"航海王"的故事仍在继续，并且，他探索世界的征途已不限于大海——未来，他还计划尝试不同的极限挑战，"因为我想让世界知道，外国人能做到的，中国人也能做到"。

很多网友羡慕"韩船长"的生活，因为他摆脱了世俗的枷锁，重新定义了属于自己的活法。

有网友问"韩船长"："你很有钱吧？"

他回答："我没有钱，只有一颗勇敢的心。我们可能不必真的乘风破浪，但在面对自己的梦想时，要有一往无前的勇气。"

（摘自《读者》2022年第3期）

地铁里的人间百态

马 拓

我是一名北京地铁民警。和普通人印象中警察的职责是抓捕罪犯、除暴安良不同，地铁民警每天面对的，都是一些琐碎的、家长里短的事情。

我第一天上班的时候是发蒙的。记得那天人特别多，有两个年轻人在打架，等我挤到他们身边时，人群都散了，我甚至不知道打架的人是谁。地铁里节奏太快了，连打架都要赶时间，谁也不想耽误上班。

我在警校里学的是刑侦专业，练体能、学推理，分析的都是凶杀案、诈骗案……结果毕业分配的时候，成了地铁民警。而很多同学都去了刑警队、指挥中心……我当时心理落差很大，觉得自己大材小用：疏导客流、调解纠纷、维持秩序、提供帮助，在广场上巡逻，进站、出站，循环反复，难道我的人生就这样了吗？

尝试理解每一起冲突

起初，我不太看得惯在地铁里起冲突的人。但慢慢地，我发现很多冲突背后，都有深层次的原因。

一次，一个看上去衣着非常得体的中年女性和一对情侣起了冲突，起因是男孩没有和女孩坐在一起，想和这个大姐换个座，但她拒绝了，双方因此发生了一些争执，还大打出手。

当时这个大姐在派出所闹得很不好看，情绪很激动，一直哭，说话都不利落了。常人看着挺难理解的——多大点事儿啊。

后来她的女儿来了，跟我们解释说，她妈妈平时很乐于助人，也很热心，但是那天，她正好和单位领导发生了不愉快的事，一路上尽琢磨这件事了，然后别人叫她换座，就把她的不良情绪引发出来了。

还有一件事我印象也比较深。主角是两个"北漂"，男生整个身子靠在了扶杆上，女生没地方扶，两个人一言不合就吵了起来，女生说了一句"素质真低"，把男生刺激到了。他鬼迷心窍地尾随女生下了地铁，还把女生打了。

在去拘留所的路上，男生哭得很伤心。他说自己从小到大就怕听到"素质真低"这句话。他家里经济条件差，村里连条像样一点的土路都没有，去镇上都得爬坡跳坑。他上小学、中学时，学校条件差，没有食堂，学校厨师都是把做好的饭菜盛到桶里，摆在操场中央，学生一下课就端着饭盆百米冲刺，一拥而上。

考上大学进了城市后，他特别震惊，感受着秩序，也感受着落差。他最怕别人说自己没有素质。明明是因加班疲惫靠了一下扶手，干吗要用这么"恶毒"的词来评价他？

当然，他犯了错，最后还是被拘留了 10 多天。

经过许多这样的事后，我不会再对一个人作出非黑即白的评价。即使前期对这个人有着脸谱化的代入，之后我也更愿意听一听他深层次的想法，犯错或者纠结的根源。

再琐碎的工作，也有闪光点

工作一段时间后，我整个人都消极起来。那一阵子我在派出所值班室，负责安排岗位、接报警电话、写稿，工作千篇一律又杂乱无章，出不了业绩，也干不出花样，我特别焦虑。我开始不怎么说话了，还天天失眠，走路都变慢了，身材也发福了。

有一天，我正在值班室做表格，一家网络公司的高管来报案。可以说，他的出现改变了我的人生。

他见我那么丧气，就和我聊了起来。他问我知不知道游戏里的"个人成就系统"，即玩家每达成一个目标，系统就会给他发一点奖励，"那就是为了让你看到自己的厉害之处，激励你继续玩下去"。

他说："你看，你在地铁轨道的下层办公，地铁开过，天花板还会掉灰，环境不好，你都能坚持下来，你做的表格那么清晰漂亮，每天还把警服洗得那么干净，你多厉害啊！"

和他聊完，我终于知道为什么我们站里的很多员工做着基层的工作，却还是那么干劲十足了。

我们有一个协管员老张，他的工作既辛苦又不讨巧，他负责把挤不进地铁的乘客往里推，经常累得满头大汗，却还要被车里的乘客骂。但每次满载的列车开走后，他看着空了一大半的站台，都特别满足，然后他挺直腰杆继续吆喝，让乘客站在黄线外，好像自己真的是一个王者。

我们地铁站里有一个保洁阿姨，钱挣得不多，但工作挺累的。她必须在平峰期双向列车到达前，尽快把两间厕所清理干净。有时候动作慢了，或者乘客觉得地面太湿滑了，她就容易遭到投诉。

我经常听见工作人员用广播喊她。有时是站台上有乘客吐了，有时是垃圾桶满了，有时是早饭被扣到地上了，有时是小孩儿尿了……很辛苦，但她总是哼着歌，自得其乐。

当她终于把地面擦得跟镜子一样亮时，她会站在闸机口，叉着腰，像看艺术品一样欣赏干净的地面。

他们都懂得用欣赏的眼睛看自己。如果连自己芝麻粒儿大的成就都能看得到，那你就没有理由不充满干劲。

地铁里的 212 个故事

从此我调整好心态，除了本职工作，我又开始写作，这是我原来的爱好。我的目光逐渐被那些普通人吸引，保洁阿姨、保安、站务员、摆摊的小贩、卖花的大姐，还有地铁的乘客……有时看着拥挤的人流，我就像在看一幕幕风景。

在互联网上，看到网友们各种各样的提问，我发现在地铁里遇到的人和事，恰好能解答他们的一些疑问，因此我就开始写地铁小民警的故事，目前我已经积攒了 212 个故事。

凭本事吃饭的人，每个人都不容易，无论哪种职业都值得尊重和欣赏。

有人问："有哪些让你念念不忘的普通人？"

这让我想起了下雨时，那些在地铁口卖伞的小贩。起初我挺讨厌他们，他们妨碍秩序不说，有些小贩还坐地起价，小雨时一把伞卖 10 元，中雨时卖 15 元，大到暴雨时就奔着二三十元开价。

但有一件事，改变了我对他们的看法。

那次我加班，准备回家时正赶上下雨，从地铁站出来就看见出站口有一个老妇人在卖伞。当时深夜出站的只有我一人，那个老妇人就黏着我。我说不要伞，她歪着脑袋问我为啥。

说实话她长得并不面善，头发还梳成一个古怪的形状，戴着一串夏威夷风情的大贝壳项链，倒像在沙滩上卖泳裤的。听到我说"没钱"，她眉头一皱，仿佛经历了一场短暂的思想斗争，然后把雨伞塞到我手里，说："算了，送你了！"

我刚想说不要，她又自嘲地笑了："嘻！你拿着吧，要不然我为这一把伞回头再赶不上末班车！"然后她就两眼一眯，脚下生风地走了。

后来我再也没能遇到她。那把蓝底儿的碎花伞，至今还放在我家的阳台上。每次看到它，我都会多瞄上一眼。

有人问："迄今为止，让你感到最荒谬的事是什么？"

作为警察，看过太多的生死，每每看到有人问"给我一个活下去的理由"时，我就觉得荒谬。

我们辖区的地铁站，有过几次乘客猝死的事。有一次，一个小伙子突然倒地不起，围观的群众里刚好有医护人员，马上判断出来他的心脏有问题，立刻就给他进行了心肺复苏。

心肺复苏很累，而且做了就不能停，最起码得持续 40 分钟才有效果，而这还只是为后面的急救争取时间。当时源源不断地有人过来帮忙，排队等着。有一名男乘客还给倒地的小伙子做人工呼吸，最后自己却因为缺氧都呕吐了。

事后，我们找到这名男乘客了解当时现场的情况，他听说人没有被救回来时，眼眶都红了。

当我听到有人问"生命的意义是什么时"，我就觉得好比一个正在吃糖的孩子在问大人："我为什么要吃糖？把糖吃下去又能怎样？"哪怕它不甜、苦涩、难以下咽，它也是你手里和嘴边最实际和最珍贵的东西。任何事都没有健健康康地活着重要。

现在，北京的地铁已经逐渐增加了自动体外除颤器，相信情况会越来越好。

地铁里的各色人生

我爱上了和人们聊天，可能也是为了写更多故事吧。以前我老想着要"纠正"别人的想法，要他们的观点跟我自己的统一起来。

比如对亲情淡漠的人，我会说一定要以家庭为重；对成天风风火火的人，我说要一步一个脚印；对依恋男朋友的女生，我就会说你不能太依恋他，你要独立，要有自己的生活。

但后来我慢慢地转变了思路，很多人的经历是我不了解的，我不了解就不能乱评价别人，我要尊重每一个人的生活方式。

有一个小伙子，他养了三四条狗，天天跟狗做伴。那天他在地铁里跟人发生争执，闹到了派出所。到了饭点，我问他有没有朋友，可以让他朋友给他送点儿吃的。他说他家里只有狗，平常他也不跟人接触。

我说："你能为这么一点儿事跟人发生争执，那就是因为你跟人接触太少，你应该多去社会上交交朋友。"但他不理解：为什么我要教他做人？他觉得，他只要自己生活得舒服，把他的宠物狗照顾好了，他的人生就是值得的，为了社交而社交，没有必要。

还有一个叫倩倩的女孩，20 岁出头，衣着得体，梳着马尾辫，脚踩运动鞋，常常在站台上游荡，目光呆滞。我们把她带到警务室，她就开始哭闹，我不知该怎么办才好。

那时我还是一个新人，我的师傅拿起手机放了一段音乐，她竟然开始跳舞，一边跳，一边看着我们，师傅便拍拍手，说："倩倩跳得真好！"

后来师傅说："你在这儿稳住她，我去通知她家人。"我在警务室里像看热闹一样拍手叫好，倩倩也就更卖力地跳，汗都流下来了。

等师傅进来一看，他把我骂了一顿。他告诉我，倩倩是因为得了精神分裂症，休学在家治疗，经常趁家人不备就跑到附近人多的地方发呆。但是只要放音乐，她就开始跳舞。

原来倩倩从小就学习舞蹈，天资出众，后来以特长生的身份考入一所挺好的大学，还代表学校去国外演出过，也曾去农村支教，上过电视、报纸，拿过各种大奖。后来因为家里出了变故，她才成了现在这样。

"但是，"我师傅说，"现在只要她跳起舞来，就和照片上一样有精气神儿。"

我当时很惭愧。警务室里，倩倩还在跳，舞步飞旋，好像用双手在空气中作画，特别美。

我把地铁站里的趣闻和故事发到网上，有很多网友问我在哪里执勤，他们想要去领略一下那座神奇地铁站的魅力。

其实不仅我所在的地铁站有这些故事，每一个地铁站都是如此。地铁站人多，流动性大，乘客来自天南海北、三教九流，大家在这里短暂地相遇、分别，是有缘分的陌生人。

　　有人的地方就有故事，有故事的地方就有烟火。而我只是把这些烟火记录了下来，希望更多人能看见。

（摘自《读者》2022 年第 3 期）

一个听力过人的女孩

杨 海

26 岁这年，江梦南第一次听到了布谷鸟的叫声。

那是在清华大学的校园里，她晨跑时路过树林，一种陌生的声音传入耳朵。她停下来，以便听得更清晰一些——重获听力后，分辨脑袋里的声音是虚幻还是现实，是她必须解决的一个难题。

半岁时，她右耳失聪，左耳听力损失大于 105 分贝。

她是清华大学生物信息学博士，内敛的性格，加上长期的科学训练，让她对"精准"有一种执念。但在有声世界里，她是一个不折不扣的初入者，准确形容一种声音，对她是一件难以完成的事。

1

江梦南出生在湖南一个叫莽山的瑶族小镇，父母都是初中教师。他们把诗意寄托在女儿身上，孩子按民族习俗随母姓，名字是"岁月静好，梦里江南"的意思。

很长一段时间里，江梦南都是一个安静的孩子。她很少闹人，也从未张口说话。父母频繁地在她身旁摇钥匙，或者拍手，希望得到她的回应，但大部分时候他们看到的只是她木讷的表情。

江梦南9个月大时，赵长军夫妇带着她去湖南湘雅医院检查，确诊结果是"极重度神经性耳聋"。江梦南3岁前，夫妻俩利用周末和假期，频繁带着她去长沙、北京等地看病。四处奔波求医需要花费不小的开销，夫妻俩的工资很快就支撑不住了。在工作和照顾女儿之外，赵长军把大量时间花在了经营茶园、果园上。那几年，他被晒得黝黑，成了一个地道的茶农、果农。茶园的收入暂时弥补了家庭开支，赵长军买了一台盒式的助听器给女儿。

那是一台有些过时的机器，300多元，主机和当时的寻呼机大小相当。他和妻子先戴上，害怕女儿受不了，先把功率调到最小，结果还是被巨大的声响吓了一跳。随后，他们把功率逐渐上调，但一直调到最大，女儿对外界的声音还是没有反应。"几乎相当于一个高音喇叭放在耳朵里。"江梦南的母亲江文革说。有时女儿睡觉，他们也不会取下她的助听器。赵长军清楚，女儿耳朵里一直响着的，是一种火车呼啸般的声音。他心疼女儿，却又盼望在某一个瞬间，她突然被巨响吵醒。

这种事却从未发生过。

2

夫妻二人对女儿发出声音的期待，逐渐变成一种渴望。

"她能从我这里要钱，去小卖部买瓶酱油，我就心满意足了。"赵长军不得不面对现实，希望女儿未来能有基本的生活能力。

江梦南1岁4个月时，赵长军夫妻二人不知第几次带着她去北京看病。结果和过去一样，又是无功而返。回到住处，他们沉默着打包行李，江梦南在一旁摆弄玩具球，一不小心球滚落到她够不着的地方。

"啊啊。"

夫妻俩瞬间怔住。安静的房间里，他们都听到了女儿的声音。那是含糊不清的"啊啊"声，女儿有了主动发声的意识，这足以把他们从不断重复的失望中拯救出来。

他们看着对方，激动得说不出话，甚至哭了起来。两个人都从这一声喊叫中得到了巨大满足：江文革认为女儿喊的是"妈妈"，赵长军则坚信她是在叫"爸爸"。

长大以后，江梦南分析自己当年突然"说话"的原因——通过助听器，她能听到微弱的声音，尽管无法辨别音源的方向，也无法理解声音的内容。这种微弱的、看似毫无意义的声音，让她得以融入有声世界。

从北京回到家后，赵长军夫妇更加坚信女儿可以发声、可以正常说话。他们每天都抱着女儿，从最简单的音节开始，对着镜子练习口型，教她如何摆放舌头。

一开始，江梦南只张口，没有声音。夫妻俩让女儿摸着他们的喉咙，感受声带振动，把她的手放在他们的嘴巴前，让她感受说话时的气流。

江文革曾利用暑假，去长沙一家聋儿言语康复机构学习。她和几岁的孩子一起上课，除了老师，整间教室就她一个大人。但这没有妨碍她认真听讲，她拿到了宜章县第一张言语康复师证书。

江梦南逐渐学会了发声，但她听不到自己的声音。与普通人不同，她不是靠听觉记忆纠正自己的发音，而是需要记住发出每个音节、每个字时的口型，以及舌头的状态和摆放位置。即便一切都做到完美，协调声带振动与口型变化、调动声带准确发音也是难事。这是一个不断尝试的过程，"每个字练习上千遍都是少的"。看着还不懂事的孩子，赵长军不知道这样的训练方式到底会有多大效果。他说这种方法很"蠢"，但他意志坚定，"蠢"也要"蠢"到最后。

江梦南再大一点时，父母意识到他们的口音太重，便开始让女儿对着中央电视台的新闻节目练习。她几乎每天都要拎着小板凳，坐在家里的电视机前，紧盯着播音员的嘴巴。她一天至少要看 3 档新闻节目。

这种集中的"听"说能力训练，一直持续到江梦南 6 岁前。她赶上了同龄小朋友的语言水平，甚至在某些方面的水平超越了自己的年龄——上小学前，她已经熟练掌握了拼音，也比很多同龄孩子识的字更多。现在，她 6 岁前的记忆已经模糊，那段艰难的人生起步经历，也只存在于父母的述说中，像别人的故事。但她习得的技能永远刻进大脑，往后的日子里，她在面对命运不公的同时，也会得到命运的独特馈赠。

3

从上小学开始，江梦南就一直坐在教室的前排中间位置。她需要读老师的口型来"听课"，但全程跟上老师的语速，几乎是一项不可能完成的任务——课堂上，有时需要边听边看，老师有时会背对着同学讲话。

　　大部分时候，她都是靠看板书，然后通过自学赶进度。她在自己的节奏里按部就班，却在不经意间走了前头。四年级暑假时，她就已经把五年级的课程学完。通过学校测试后，她直接跳到了六年级。在学校里，除了学习，江梦南也在适应集体生活。她逐渐意识到自己的特殊：别人在背后叫她时，不会得到任何回应；音乐课上，同学们一起唱歌，她只能跟着念歌词。

　　赵长军很早就预料到了女儿的烦恼，他总是对女儿说："不要和别人比。每个人都有难题，都需要自己克服。"

　　父亲的话几乎成了她的生存法则。在未来的生活中，她碰到更多困难：听不到闹铃，不能独自接打电话，在机场、火车站听不到广播……生活每进入新阶段，新的难题也会随之出现。到清华大学读博士时，研究组七嘴八舌"头脑风暴"，大家讨论得越激烈，她就越跟不上节奏，但她总能找到自己的解决方式。医生曾告诉她，因为听力损失严重，她的平衡感会很差，她很难学会骑自行车。现在，在清华大学校园里，她每天骑自行车上下课，轻松自如。她不需要闹铃，而是全程握着手机睡觉，每天被手机的振动唤醒。有时，听不到也成了一种优势，"我不用担心睡觉时被人吵醒"。

　　在很多人眼里，江梦南是一个对自己要求严格而且性格坚强的姑娘。她说自己从小就生活在一个"hard（困难）模式"的环境里，时间长了，一切都变得寻常。但更多时候，她也是一个普通的姑娘，只是没有人看到。刚到郴州六中时，面对新老师，她要重新适应他们的口型，这让上课变得更难。她和舍友一样想家，有一天熄灯后，她躲在被窝里哭了，没有声响。

　　2010 年，她第一次参加高考，成绩超过了一本线，但她不满意自己的成绩，选择了复读。当年，在写高考作文时，她想到了自己小时候，父母每次天不亮就带着她到镇上，提着大包小包，在路边等车——他们带女儿去看耳疾，长途汽车发车早。她说自己哭着写下这段经历，一出考场就知道跑题了。成绩出来后，她的强势科目语文刚过及格线——99分。

4

第二年，她考上了吉林大学。长春离家3000公里远，她没让父母陪同，独自乘火车去报到。

因为自己的经历，她本想选择医学专业，但马上又意识到医生要和病人交流，有时病人也会戴口罩。她最终选了药学，"一样能治病救人"。

有时候，大家真的会忘记她听力不好。她和很多女孩一样，爱健身，有时尚品位，甚至更自信。最重要的是，她身上有一种稀缺的感染力——对他人的真诚和善意。

江梦南说自己很少因为听不到而感到自卑，她很早就开始直面这个问题，而不是躲避。小时候，父母常带她出门，让她多跟人沟通。"这是我女儿，她听不到。"赵长军总会这样向别人介绍自己的女儿，毫不避讳。在别人面前，父母从来没表现出自卑。

2018年，江梦南在吉林大学硕士毕业之际，长春当地的一位医生看到她的故事后，托人把她带到了诊室，劝她植入人工耳蜗。"你已经走这么远了，为什么不试试看，自己的人生还有多大的可能性？"她被医生的这句话打动。

这年夏天，在右耳成功植入人工耳蜗后，她重获失去26年的听力。

因为在寂静里待得太久，一开始，她很不习惯这个有声的世界。即使把耳蜗的灵敏度调到很低的水平，她也无法承受外界的"吵闹"。普通的环境音，都会让她感到"视线都在震颤"。有时一个塑料瓶轻轻倒地，她都会被吓一大跳。逐渐适应后，她开始重新打量世界，"它原本就很吵，这就是它一直的样子"。每一种声音都是新鲜的，汽车鸣笛声、下课铃声、雷雨声……还有她一直想感受的歌声。

现在，她喜欢听舒缓的钢琴曲。在清华大学校园里，她骑着自行车，手机直接连接上耳蜗，不需要通过振动，电信号可直达大脑。那是属于她一个人的时刻，"普通人很难有这种奇妙的体验"。

她虽然能说话，也掌握了每个字的发音方式，但她从来没真正听到过它们的发音。对她来说，如果闭上眼听一个人说话，就像在听一门完全没学过的语言。

植入耳蜗的那段时间，江梦南需要新的言语康复训练。父母每天都跟她打视频电话。他们先在笔记本上把当天要练习的内容写好，再挡住嘴，按顺序念出来，让女儿分辨。江梦南无法记起自己小时候父母教她说话的过程，如今在某些瞬间，她说似乎体会到了自己 20 多年前，坐在母亲怀里，对着镜子不断练习口型的感觉。

恢复听力后，江梦南仍和父母保持着文字沟通的习惯，几乎每天她都要跟他们发短信、微信。

有一次，赵长军没注意女儿连续发来的信息，紧接着，手机铃声响起。

电话接通，女儿显得有些着急，她想确认没有及时回复信息的父母是不是遇到了什么问题。赵长军告诉女儿只是手机没在身边，父女二人寒暄一番，然后挂断电话，没人感到哪里异常。

但很快，赵长军激动地跑向妻子。20 多年来，他第一次在电话里听到了女儿的声音。

（摘自《读者》2022 年第 3 期）

8848.86 米的征途

尹海月

　　那是一双遇难者的眼睛，半眯着，露着一道缝。52 岁的陈旻距离他只有 20 厘米，瞬间感觉"将被拉入死亡的境地"。

　　当时，她正在珠穆朗玛峰 8700 米的高山上，攀登一块 5 米高的岩石，刚爬到顶上，就看到那双眼睛。遇难者蜷缩在石头缝隙里，面如死灰。她大叫一声，从岩石上滑落，哭了起来。直到耳边传来向导"你想成为下一个他吗"的呵斥声，她才从恐惧中回过神来。

　　那是 2021 年春天，陈旻在长达 45 天的珠峰之旅中，距离死神最近的一次。

1

登珠峰前，陈旻已经两年多没有登过山。上一次登山，还是 2016 年攀登慕士塔格峰。此前，她曾 3 次穿越"死亡之海"罗布泊、5 次驾车进藏，穿越阿尔金山、可可西里无人区。她走得一次比一次远，一次比一次险，从结伴而行到一个人出发。

她制订了严格的训练计划，每周跑 3 次 10 公里、2 次 5 公里、1 次 3600 级台阶的负重攀爬。

登山令陈旻感受到自然的慷慨，她享受冰镐刺入冰层的动作，那一刻，她感觉自己像一只藏羚羊，在大自然中尽情呈现着美。2016 年夏天，陈旻登顶海拔 6178 米的玉珠峰。一个半月后，她决定无氧攀登海拔 7546 米的慕士塔格峰。

后来，陈旻意识到，这样密集的攀登不仅是对身体的损害，更是对大山的轻视。

登到慕士塔格峰 6800 米时，陈旻高原反应加重，胃里的粥瞬间喷出来。她用登山杖顶着胃，一边走，一边吐，吐了 2 天 1 夜。攀至海拔 7200 多米时，陈旻已经没有说话的力气，她冲向导指了指前面，又指了指后面，意思是回去还是往前走。向导说"回去吧"，眼里却透露出失望。

陈旻往回走了几步，摇头，又走回来，刚走几米，气喘吁吁，又往回走，来来回回走了 3 次。最后，陈旻拖着疲惫的身子又攀升了 100 米，感觉眼前一片模糊，想找一处避风的小山包躺下。但她知道，一旦躺下，就不会再醒来。

"我一定要活着。"半个小时后，她终于登顶。

之后，她被向导一路搀扶回大本营。当晚，陈旻感觉身体的每一块肌肉都被扯开，仿佛"所有的细胞在争夺氧气"。

这次登山带给陈旻极大的挫败感。"我不能原谅自己，因为你不是一个漂亮的登山者，你也不爱自己，你对生命根本就不重视。"那之后，她告诉家人，以后不再登山。

接下来的两年，陈旻开始尝试写户外人的故事，并参加了"2018 第三届中国最美妈妈公益评选全国展演"比赛。她参赛的理由很简单：自己从来没穿过旗袍。

表演时，别的妈妈唱歌、跳舞，她穿着运动衣打泰拳。这次比赛，她获得亚军。然而即使她的形象出现在中央电视台的屏幕上，她仍然记得慕士塔格峰带给她的阴影，"始终没走出去，我不甘心"。

2019 年，她去云南西双版纳拜访中国首登博格达峰的探险家王铁男。当时王铁男可能只是随口一提"如果好好训练，你应该可以登珠峰"，但她当真了，感觉心一下子被击中。

从西双版纳回来的第二天，她一边择菜，一边试探着对丈夫说："我还想登山。""登什么山？"丈夫问。"我想登一座 8000 多米的山。""是珠峰吗？"

"你咋知道？"她惊讶地问。"你心里一直有慕士塔格峰的痛，想要找一个出口吧？"听到丈夫这么说，陈旻的眼睛"瞬间蒙上一层水"。

为了做好后勤保障，丈夫每餐必做牛羊肉，有时候看到陈旻偷懒，还督促她去跑步。

2020 年 2 月，新冠肺炎疫情暴发，陈旻跑步的场地换成了家里的客厅——跑 10 公里要绕 750 圈，她在家跑了一个月。开始跑时，要靠意志力支撑；到后来，跑步成为机械式运动。

2

2021 年 3 月，尼泊尔启动春季登山。

为了迎接这一天，陈旻提前一个多月准备装备。在寒冷的高山上，保暖和防水最关键，登山者需要穿排汗内衣、抓绒服、薄羽绒服，攀登到6400 米以上，还要穿重一二公斤的连体服。此外，还需要准备防晒帽、睡袋、登山杖、暖手宝等 100 多件物品。

2021 年 4 月 14 日，陈旻和登山公司的 8 名队友从重庆前往尼泊尔首都加德满都。

后来，女儿告诉陈旻，飞机起飞后，爸爸的眼泪就掉了下来，说后悔把你妈送上飞机。末了，爸爸又给女儿打气，说"你妈肯定没问题"。

4 月 16 日，一架载有 12 人的小飞机将他们送往海拔 2845 米的小村卢卡拉，接下来的 12 天，他们将徒步 EBC（珠峰南坡大本营）线路，一路攀登至海拔 6119 米的罗布切峰，再步行至海拔 5400 米的珠峰大本营。登山者们将通过这条线路，适应高海拔环境，并检验体能。

徒步前 10 天，陈旻心情欢快，体力充沛，总是第一个到达驿站。她的危机感是在抵达海拔 4000 多米的罗布切驿站时出现的。当时，她出现高原反应——胃疼、头晕，耳朵像塞了棉花一样。

攀登罗布切峰时，陈旻见到了自己的向导白玛，一个 30 多岁的夏尔巴汉子。白玛检查了陈旻的安全绳、八字环，帮助她将冰爪安装到高山靴上，直到确认安全。

从罗布切营地到珠峰大本营途中，陈旻一路呕吐，一张嘴，胃里就吸进凉气。4 月 27 日，走到珠峰南坡的大本营时，陈旻胃疼得像"里头有什么东西在绞"。

3

珠峰南坡大本营位于世界上海拔最高的国家公园珠穆朗玛国家公园内。这里一派生机勃勃的景象。"大本营就是有希望、矛盾、压力的地方，很多人聚集在这里，每个人的性格都被放大。"回忆起在大本营的日子，陈旻感慨，除了喧嚣和热闹，登山者们还面临着竞争、冲突和未知的恐惧。

5月1日，队员们开始了第二轮适应性拉练，用5天时间，从大本营攀升至海拔7100米的C3营地。中途，他们要途经昆布冰川，到达海拔6100米的C1营地。昆布冰川被视为南坡攀登路线中最危险的地段之一，登山者们需要跨越14条几百米深的冰裂缝，每踩一步铝梯，就能听到"咯吱咯吱"的声音。

陈旻专注地看着脚下，顾不上高原反应带来的胃痛感。这一路她都没怎么吃东西，等到海拔6800米时，脸肿得大了一倍，眼睛眯成一条缝，浑身没劲，双脚像被铁链子捆住了。陈旻攀登慕士塔格峰时的挫败感又回来了。

下撤途中，她摔倒了8次，一路干呕，比其他队员慢了两个多小时到达大本营。

5月15日，在大本营吃完饺子，举行相关仪式后，他们准备冲顶。如果一切顺利，他们将在5天后登顶。

再次跨越昆布冰川很顺利。但他们走到C2营地后，山顶开始出现乌云。这意味着，再往上攀升将面临未知的风险。大家决定等等看。

直至第3天，天气仍不见好转。负责此次登山的尼泊尔的总教练建议，先回大本营，再根据天气情况决定是否登顶。陈旻觉得，待在这里可能耗损热量，但回去要途经恐怖的昆布冰川，危险更大。经过讨论，大家决定继续等待。

到了第 4 天，焦虑的情绪开始蔓延。陈旻注意到，大家开始结伴而行，也有人给向导交代后事。陈旻忍不住想，万一死在山上怎么办？她一层层检查衣服，看看有没有泥巴点或者破洞，想着即使死，也要给大自然呈现一个体面的自己。

出发前，陈旻想写一封遗书，又怕吓到家人，最终没写。她交代好友，万一她死在山上，不要把她带下来，"留在山上是一个登山者最好的归宿"。

如今看来，从 C2 营地前往 C3 营地的那晚，确实是在赌命。当时，他们已经滞留 4 天，直到晚上 10 点，负责人还在和大本营沟通要不要登顶。最终，他们决定继续攀登。此时，天灰蒙蒙的，气温低至零下十几摄氏度。陈旻不觉得冷，吸氧后，高原反应渐渐消失，她的状态越来越好，她渐渐走到了队伍的中间。五六个小时后，队伍途经长达 1200 米的洛子壁，这里到处是陡峭的冰层。其中，最危险的一段路程是长 30 米左右的横切路段，只能容下一只高山靴。陈旻左手抓着绳子，右手边就是悬崖。越往后走风越大，走到海拔 7800 米时，风速达到 20 公里每小时，陈旻被吹得东倒西歪。

到了 C4 营地，风速已经升至 40 公里每小时。陈旻在帐篷里听到外面风雪呼啸，感觉帐篷要被掀翻。

休息了 10 多个小时后，陈旻和向导开始冲顶。每走几步，陈旻就需要跺几下脚，防止脚麻。不知道走了多久，陈旻感到有些疲惫，就停了下来。前方几米处的白玛拉了下绳子，示意她继续往前，陈旻想迈脚，却感觉"被一座大山压着"。

感到情况不对劲，白玛立即跑过来。陈旻听到白玛在氧气面罩的吸气孔上使劲敲，随后一股凉气袭来，她贪婪地吸了几口，一下子活了过来。陈旻这才意识到，面罩的吸气孔刚才被冰雪堵住了，要不是向导及时发现，她很可能失去意识。

5月23日早上6点，天空渐渐泛起亮光，先是浅白，然后是淡黄，紧接着是粉红。在阳光的照射下，陈旻看到不远处的峰顶耸立在半空中，看上去那么冷峻、庄严。她平静地向峰顶走去，攀过岩石密布的希拉里台阶，在上午11点05分，来到海拔8848.86米的珠穆朗玛峰峰顶。

4

8848.86米，这是人类为地球最高峰量出的最新高度。过去60多年，曾有6000多人在这里留下足迹。陈旻曾设想，登顶后，抱着队友或向导哭一场。事实上，真正站在这里时，她心中却无比平静，像坐在母亲的膝盖上。

"你今天成了。"陈旻在心里对自己说。她刷新了纪录，成为中国登顶珠峰最年长的女性。

在山顶待了20多分钟，陈旻开始下撤，比队友快了一个半小时。

很快，她又来到了希拉里台阶，就是在这里，她突然看到了遇难者那双半眯着的眼睛。

这也是珠峰之行教给她的最重要的一课："生命无常，你怎么好好过这一生？要去做自己喜欢的事情，一定要热烈。"陈旻觉得，登山就是她"生命最热烈的表达方式"。以前，她曾以为探险就是刺激，但随着去的地方越来越多，她对户外探险有了更深的领悟："真正的探险不是冒险，而是在与大自然的较量中认识自己，形成对人和事的独立思考。"

从珠峰下撤到加德满都的第二天，她就决定，继续攀登七大洲最高峰，并完成徒步到达南北两极点的极限探险。她设想在两年内完成这个目标，毕竟"年龄不等人"。等到登不动的那一天，她打算重新穿上旗袍，当个老年模特。"有皱纹，照样可以美丽。"

（摘自《读者》2022 年第 4 期）

茶末的滋味

明前茶

谷雨之前，持续一个月的采茶旺季即将过去，滞留在常州金坛一家茶场的 56 名采茶女工，包了一辆大巴准备返回她们的河南老家。作为老板，文琴即将送别这些弯腰劳作了一个春天的采茶女工。她们连续 4 年前往常州采茶，已成为茶场的中坚力量。在这里，她们每天采摘嫩芽的时间都很长。采茶不能用指甲掐，那会造成高档绿茶的梗面发红，茶叶档次就会降低，因此采茶女工必须用拇指和食指轻轻夹住茶芽，向上一拔，干脆地折断茶梗，同时手指不能揉搓叶面，如此茶芽中的鲜润之气才得以留存。这是需要付出极大耐心、灵巧和专注的工作，采茶女工们在干活的过程中如入无人之境，双手开裂也浑然不觉。

文琴看到，采茶女工们每一条指缝里都深深浸润了茶汁，先是绿的，接着氧化发黑，双手犹如戴上了乌黑的纱手套，晚上，用刷子蘸取肥皂，也无法洗净这些黑黝黝的东西。不仅如此，为了防止鲜叶有杂味混入，女工们还不能用护手霜。就是这样一双双粗糙的手，撑起了茶叶的美妙滋味，1 斤茶，6 万个芽头，都是由这些 50 多岁农妇的手，从万千茶树间采出。

文琴深知她们的辛苦。每一年，除了结算工资，文琴还会给她们准备当地特产当临别礼物，包括红香芋、小坛的封缸酒，还有常州麻饼。今年结算完工钱，采茶班的班长怯生生地来问，能否给一个优惠的价格，让她们可以买些茶末带回去赠送亲友。"老家长辈，都听说这边好山好水，茶垄间有杏树、桃树，茶叶里都带着芬芳花香。这么好的茶，得让公公婆婆、自家爹娘都品尝一下。"

采茶女工所说的茶末，是机器炒茶筛下的头茬茶末，明前茶的茶芽极其细小脆弱，在机器炒制的过程中，容易断裂。为了保持高档茶的整洁面貌，茶叶炒好、散尽火气后，需要用细网筛再次过筛，筛下的茶末青绿，里面还夹杂着成团的毫毛，每一粒比白芝麻还小。这种茶末，滋味并不逊色于那些体面的高档茶，文琴也不出售，只供自己和至亲好友分享。采茶班的班长一提出此事，文琴赶忙道歉，说自己疏忽了——那些采茶的纯朴农妇多年来都是带着炒好的大麦或晒干的艾叶泡水喝，她们自称喝不惯茶叶，从不做瓜田李下之事。

文琴忙说，这点东西当然要送给你们，本来也是你们去采摘的。她便给女工们每人准备了一包茶末，想了想，又在每个纸袋里放入 10 小包独立包装的成茶。她想象这些农妇回家以后，也可以邀集长辈一同来喝这 10 壶茶，沸水冲下去，茶芽就像踮起脚尖，在热水中上下起舞，一共 3 次，最后，它们整整齐齐在杯底站立。文琴有点自责：这样令人舌底生津的美，这样迷人的杯中景色，她怎么从来没有想到过也要让采茶女工们体味一下？

上车前，女工们挨个过来拥抱她们的老板，说此地甚好，希望明年还来。她们每个人都扛着自己的铺盖，带着脸盆、脚盆以及行李箱，春天过去得太快，天气热得太快，她们身上五颜六色的毛衣都嫌厚了，然而，这整个采茶季，她们都没有歇过一天，采买个人用品和薄一点的衣裳也就成了奢望。当她们隔着车窗向文琴挥手道别，看着那一双双乌黑的手，那些淳朴的笑脸，不知为什么，文琴心中涌上了告别姐妹的酸楚，她眼眶发热，隔着车窗，大声叮嘱着。

半个多小时后，文琴回到产茶的车间，这里彻底静寂了下来。忽然，她瞥见了自己招待客人的茶台上，放着一大排金黄的小袋子。她心中狂跳，过去一看，那是她偷偷塞进装茶末的纸袋里的成茶，56 个人，560 小包茶叶，农妇们还了回来，不着一言地表现出她们谦和的自尊，与沉甸甸的体谅，如微雨中的稻穗默默低着头。

（摘自《读者》2022 年第 14 期）

诚信老爹

王晶晶

告别的时候到了。85 岁的吴乃宜躺在床上，使劲握住来访者的手。其实他已经没有力气了，手上的虎口处一点肉都没有，薄得像层纸，可以被扯起来。他于 2014 年 1 月 19 日凌晨在家中去世，走的时候还不到 90 斤，已经很长时间吃不下任何东西。

7 年多前的夏天，这个浙江省温州市苍南县的老渔民也是这样，躺在床上不吃不喝。那一年，4 个儿子出海捕鱼遇到台风"桑美"，老三被桅杆砸中，老四被渔网缠住，老大把救生圈扔给弟弟后自己沉入水中。只有老二活了下来，他的腿部受伤落下病根，还感染了吸入性肺炎，失去了劳动能力。

吴乃宜和老伴在床上躺了 3 天，觉得做人都"没啥用"了，直到债主拿着欠条找上门。出事前，4 个儿子刚刚借了 80 多万元换了钢质渔船。

承诺并没有随风而逝，尽管没有法律依据要求父亲替儿子还债，可吴乃宜说："是我儿子的欠条我都认。"

吴乃宜从床上爬了起来。他领到3个儿子的人身保险、船只保险赔款24万元，家都没回，就用衣服包着几沓钱去了信用社，还了第一笔欠款。渔船被打捞上来，卖了30万元，他一分没留又全部给债主送去。在接下来的6年里，这位老人拾废品、织渔网、卖土鸡蛋。2012年，他终于还完了所有的欠债。

就在人们都以为吴乃宜终于可以安享晚年时，他又倒下了。这一次，他再也没有站起来。晚期尿毒症夺走了他的食欲、体重，最后是生命。社区干部最后一次见到他时，躺在床上的吴乃宜蜷缩着身体，指着胸口用微弱的声音说："堵得慌。"家人说，只有疼得受不了时，他才会叫出声来。

主治医生说："他长期营养不良，加上没有及时治疗，肾脏基本都坏了，被耽误了。"

在还债的那6年里，吴乃宜每天只吃两顿稀饭，邻居说这么多年没见他们家买过猪肉。他的背上生了严重的骨刺，实在受不了了，才花几块钱去打一针。前去采访的记者在他家只看到一台老式的柴灶、一个摇晃的饭桌以及一张斑驳的旧木床。

儿媳抹着泪说："家里桌上经常一点菜都没有，有时菜放了好几天都长虫了，他还在吃。"

可是一旦赚到的钱能凑成整数，吴乃宜就大方地让儿媳全给债主送去。一个饮料瓶能卖几分钱，在沙滩上捡满一筐能卖4块钱；给别人织渔网1万眼能赚1块钱，吴乃宜和老伴织4个小时也才织了5000眼。

他会在凌晨3点突然醒来，嘴里念叨着"还债，还债"。他跟唯一幸存的二儿子说："我死了以后如果还不完，你必须答应我，自己会还，如果不还，我死都不瞑目的。"在儿子眼中，父亲是个很"硬"的人，过去在谁家借了一颗螺丝都得记在本子上，一买回来马上去还。

2011年，媒体记者报道了吴乃宜的事情。他的故事夹杂在"预约出租车司机被爽约"这类社会新闻里，他被评为当年"感动温州的十大人物"。人们亲切地称他"诚信老爹"，并寄来捐款以及治疗骨刺的药。2012年，在当地政府和社会公益人士的帮助下，他还完了最后一笔欠款。

二儿子的身体逐渐恢复，又可以打鱼了，一家人还搬进了新房子，可2013年秋天，吴乃宜突然头晕得厉害，站都站不稳。起初他以为只是感冒，儿子劝了半天他才去了医院，结果发现已经到了尿毒症晚期。

尽管医院减免了全部医药费，但吴乃宜住院两个多月便放弃了治疗。他每周需要做3次透析，每次4至6个小时。为了逗父亲开心，二儿子曾在病床前举着"全国道德模范提名奖"的荣誉证书，问他认不认识。吴乃宜指了指"道德"两个字，有气无力地说："我躺着真不道德啊，躺着还有什么道德？"旁边的人都被他逗乐了。

那是他去世前的两个月，一家媒体用摄像机记录下病房里的这一幕：吴乃宜的眼睛都已经睁不开了，说话也走音了，不知为什么，躺在病床上的他突然动了动嘴唇，用微弱的声音问儿子："现在年底就快到了吧？欠的钱都还了吗？"

（摘自《读者》2014年第7期）

我为外卖小哥写书

杨丽萍 / 口述　叶小果 / 整理

1

　　通过采访外卖小哥，我把他们的故事汇集成了一本书，叫作《中国外卖》。

　　做"外卖"这个选题之前，外卖小哥对我而言，就是所谓最熟悉的陌生人。我也点过外卖，他们每次说"您好，您的餐到了"，然后把餐盒往我手里一送，我还没来得及看清他们的面孔，他们就转身走了。

　　年轻，能吃苦，大多来自农村，学历不高。这些都是人们对外卖小哥的大致印象。但他们是一群什么样的人？他们的爱情、婚姻、家庭，他们的尊严，他们对职业的认识又是怎样的？我在心里打了很多问号。

我在当时的居住地广州开始采访，杭州是我的第二站。

<h1 style="text-align:center">2</h1>

到杭州后，我特地避开外卖员的工作高峰。下午 4 点，我拨通楚学宝的电话。楚学宝，31 岁，安徽蒙城人，初中文化。他的外号叫"单神"，每个月以订单量最多稳居站点"单王"宝座。

我记得特别清楚，采访楚学宝时，领他去星巴克，我点了两杯咖啡，他看了一眼小票，说："哇，这么贵。"

接着他讲了书包的故事。读书时，别的孩子都背书包上学，他拎着一个装大米的编织袋，遭到同学的耻笑。

他很平静的讲述，让我特别心疼。说句实在话，虚构永远没有办法和现实生活比。

楚学宝 20 岁结婚，婚后和妻子去服装厂打工，在流水线上干了太长时间，把腰坐坏了，2019 年在杭州改行送外卖。他做的是外卖员中最辛苦的行当，就是送"商超"，有的客户会一次下单二三十种货品。别的小哥干不动，他坚持下来，逐渐掌握了打包技巧和跑单技巧，每天最早到达站点，最晚下班，成了"单神"。

他每天都拼了命地送外卖。他说跑单跑得吃不下饭，每天只能多喝水和功能饮料。

楚学宝的妻子带着两个孩子在老家，我也想了解一下她的情况。他把妻子的电话号码给我，我做了两次电话采访。

一次是中午，听到她在踏缝纫机。她说，你晚上 9 点打过来吧。我按时再打过去，那边还是踏缝纫机的声音。她跟我说话，基本上靠吼。我问她怎么这么晚还没回家，她说多做一些是一些，因为他们为了孩子的未来，咬牙在县城买了房，老人又生着病。

除了采访外卖小哥本人，我也尽量接触他们的家人或同事。楚学宝和妻子每天加班加点，他们的生活就是这样支撑下来的。

3

我是通过媒体报道的线索找到李邦勇的。他在嘉兴一家涂料厂打工时，右手被绞进机器里，定为五级伤残。妻子离家出走后，他带着 21 个月大的女儿，开始在嘉兴送外卖，那是 2018 年 9 月。

2020 年 7 月 1 日下午 4 点半，我赶到李邦勇送餐的商圈。他刚从幼儿园接回女儿。女儿的手臂搭在爸爸的手臂上，纤弱的身子贴着爸爸的背。车子转弯时，女儿就抱紧爸爸的腰，怕掉下来。送完一趟回来，我看到她的小脸现出倦容。再回来时，她打起了瞌睡。

每当爸爸停下来取餐或者掏餐盒，她就跳下来活动一下，因为总在后面坐着受不了。看到爸爸过来，她就先爬上去，动作特别快。

李邦勇不爱说话，女儿更不爱说话，但他们的眼神和动作中有一种默契，超过很多父母和孩子。晚上 9 点多，他们回家，我就跟了过去。

李邦勇真是一个好父亲，把简陋的出租屋收拾得特别干净。我说："你带着孩子这么辛苦，能把房子收拾到这种程度，真不容易。"他说得特别朴实："房间里干净一点，蚊子就少了，免得咬到孩子。"

我发现他做饭用的是电，就问小区是不是没有煤气。他说他让房东把煤气罐扛走了——怕孩子淘气，不知轻重拧开煤气发生意外。

那天晚上我从他家出来，已经 11 点多。回到宾馆，我收到他发来的信息："你到了吗？"采访结束后我去了杭州，又收到他的信息："你平安到达了吧？"要知道，他的文化程度不高，手有残疾，每天送外卖那么忙，还要照顾女儿，但他仍然会打几个简单的字问候。那种体谅和关心，让我既感动，又难忘。

4

除了赚钱，客人是否尊重他们，是外卖小哥们最在意的。

在采访河北邯郸的小于时，他让我印象最深的一句话是："为了7.2元的外卖费，我把所有能放下的都放下了。"

那天晚上，他抢到一单，送餐距离2公里，配送费5.2元，外加2元夜间补贴。他按导航到达后，拨打客户电话，客户说地址写错了，让他送到另一个小区。没等他问清楚，对方就挂断了电话。

他用导航一查，发现那个小区距此五六公里。赶到以后，他打了两遍电话，客户又说不在那里。他又跑了四五公里，终于送到楼下，单元门锁着，客户却拒绝下楼。他等到一位住户开了门，跟着上楼，把麻辣烫递给那个客户时，忍不住说："您下次能不能把地址写清楚一点儿，为您这单我跑得太远了。"

小于形容那个客户40多岁，看起来是比较有身份的人。她冷着脸说："你是不是想要钱？"小于憋屈得不得了，强忍着说了一句："祝您用餐愉快。"转身下楼时，他对自己说："我一个送外卖的，今天晚上表现得比你好。"

他还说了一句话："送了两个月外卖，我把31年没说的'对不起'都补上了。"

5

我采访过的外卖小哥里，有两位在城市里买了房，杭州的外卖牛人老曹就是其中之一。

他当过武警。有人问他："送外卖不丢人吗？"他说："我靠自己的劳动赚钱，有什么丢人的？"那种实现了人生目标的得意和满足，体现得畅快淋漓。

老曹其实不老，三十四五岁，来自河南许昌农村。他做外卖工作，是因为母亲患了宫颈癌，他花了几十万元也没能救下母亲的命，反而欠了30多万元债。他做过生意，开过矿，当过包工头，赚过大钱，也赔过大钱。他送外卖很努力，每天跑到半夜，每月至少赚 1.5 万元。

2020 年，为了把女儿接到杭州读书，他和妻子以每平方米 3.5 万元的价格，在杭州买了一套 40 多平方米的二手学区房，交了首付，贷款几十万元。之前，他们在老家县城买了一套 140 多平方米的小产权房。

如今，老曹不但脱贫致富，还在他喜爱的城市定居，让女儿接受和杭州本地人一样的教育。我为他们感到高兴。

6

因为自己是女性，我也很关注女外卖员。

深圳的外卖员刘海燕，以前是在黑龙江养猪的农民，碰到猪瘟，欠了几十万元的外债。为了还钱，她和丈夫一起去了深圳打工。

刘海燕所在的站点有两三百个外卖员，只有 5 个女性，她的业绩排在前十，每月能挣八九千甚至上万元，她丈夫也送外卖，业绩却跑不过她。

　　还有一位 50 多岁的女外卖员，最早是开花店的，店里会接到鲜花的外卖订单。她觉得与其让别人送，不如自己送，从送自己的单逐渐到送别人的单。后来花店生意不行了，丈夫出了车祸，儿子中考填错志愿进了私立学校，每学期学费要几万元，她就把兼职变成专职。

　　每天送外卖时，她都会化妆，把自己打扮得漂漂亮亮。她丈夫伤好一点后，也开始送外卖。她 40 多岁才生孩子，担心儿子读大学时，自己可能都跑不动了。

　　这些女外卖员和男外卖员一样吃苦耐劳，甚至比男性更坚韧，更善于跟客人打交道。虽然生活很苦，但我很少听到她们抱怨。

7

　　有人说，外卖小哥吃的是青春饭，有"钱"途，没前途。可是我通过电话采访宋增光，了解到他做外卖小哥的经历简直是一路"开挂"。

　　宋增光的老家在东北农村，结婚后到上海送外卖，8 个月就当上了站长，3 年后成为公司的培训专员，后来接连获得上海市五一劳动奖章和上海市劳动模范。

　　2021 年 4 月 27 日，宋增光成为唯一一个获得全国五一劳动奖章的外卖员。

　　通过他，我采访到他的父亲、舅舅和表弟，还有妻子的弟弟，他们也在送外卖。宋增光业余时间学习英语，报了市场营销专业的成人自考，读完大专接着读本科，成了上海新市民，小日子越来越好。他还有了自己的"文化消费"——妻子喜欢看话剧，他陪着看了一场后，也爱上了话剧。

提起外卖界"第一劳模"的称号，他告诉我："这不是我一个人的荣誉，而是整个外卖员群体的荣誉，也是社会对'外卖骑手'新兴职业的认可。"

8

2022 年 2 月，我完成了《中国外卖》的书稿，接受我采访的各地外卖员有 100 多位，我写进书里有名有姓的，有 40 多位。

有人说，我在为中国外卖小哥立传。我认为，这是向每一个为生活拼尽全力的人致敬。人生总会遇到很多难题，外卖小哥身上最打动我的，是他们都在用自己的行动消化各自人生中的苦难，努力地生活。

（摘自《读者》2022 年第 22 期）

致 谢

2022 年 10 月 16 日，举世瞩目的中国共产党第二十次全国代表大会在北京召开，大会为我们今后的前进指明了方向、擘画了蓝图。党的二十大报告第八部分"推进文化自信自强 铸就社会主义文化新辉煌"为今后的文化工作提出了更高要求。在深入学习领会党的二十大精神的基础上，甘肃人民出版社按照党的二十大报告"实施全民道德提升工程，弘扬中华传统美德"的要求，策划了以"中华传统美德"为主题的新一辑"读者丛书"。丛书共 10 册，分别以"仁爱孝悌""谦和好礼""诚信知报""精忠报国""克己奉公""修己慎独""见利思义""勤俭廉政""笃实宽厚""勇毅力行"为主题，从历年《读者》杂志、各类图书及其他媒体上精选了 600 多篇美文汇编而成，我们希望通过一篇篇引人深思的文章或一个个感人至深的故事，让广大读者进一步加深对中华传统美德的认